英雄騎士の歪んだ初恋

山野辺りり

イースト・プレス

contents

プロローグ

「だから、お金なんて持ってないって言っているじゃないですか」

人が擦れ違うのも一苦労する、狭い入り組んだ路地の奥、袋小路に追い詰められたレノは震《ふる》えながらも声を張り上げた。

一本に縛り背中に垂らした赤みの強い髪は、小刻みに揺れている。新緑を思わせる濃い緑の瞳は、仄《ほの》かに涙で濡れていた。

膝はみっともなく戦慄《わなな》いているが、気合で足を踏ん張る。

まかり間違っても眼前《がんぜん》の男どもに『怯えている』なんて悟られたくはない。

女一人をひと気のない場所に引っ張り込んで身ぐるみ剝《は》がそうと目論《もくろ》むならず者だ。こんな下種《げす》な男たちに屈服《くっぷく》するなんて、死んでもごめんだった。

しかし窮地《きゅうち》であるのは紛《まぎ》れもない事実。

土地勘のない王都で迷子になったレノは、どうやらあまり治安のよくない区域に足を踏み入れてしまったらしい。知らなかったとはいえ、己の迂闊《うかつ》さを罵《ののし》りたい気分だった。

――ああ、もう。私の馬鹿《ばか》！　都会は危険がいっぱいだって、散々お父さんから言われていたのに……でも到着早々こんな目に遭《あ》うなんて、流石《さすが》に想定外でしょう？　都会怖い。

早くも田舎《いなか》に逃げ帰りたくなったけれど、そうはいかない事情がある。

それに何より、下卑《げび》た嗤《わら》いでレノを取り囲む男らに一矢《いっし》報《むく》いてやりたかった。

――でも現状、自分の身を守れるかどうかも怪しい。

両親や村の皆が餞別《せんべつ》に持たせてくれた大事な金を、みすみす奪われてなるものか。その上、彼らがレノの身体をねばついた視線で舐《な》め回してくることも恐ろしかった。

考えたくもないが、男たちの目的は金だけではないようだ。

怖気《おぞけ》がゾゾゾと足元から駆け上がる。

レノは涙ぐみそうになりつつも、勇気を掻《か》き集めて瞳に力を込めた。

「強気な姉ちゃんだなぁ。自分の状況が分かっていないのか？」

「心配しなくても、俺たちは優しいから安心しろよ」

「ただし下手に騒がれたら、つい手が出ちまうかもしれねぇけどな！」

下品な笑い声が暗くなり始めた空に響く。

だが大通りから離れたここからでは、誰の耳にも届きそうもなかった。

「……お金はありません」

「それじゃあ、楽しい遊びをしようぜ。なぁに、姉ちゃんもきっと気に入るさ」

舌なめずりをする男の歯は、真っ黄色に染まっていた。何本か欠けてもいるらしい。お世辞にも清潔感はない。離れていても口臭が漂《ただよ》ってきそうで、思わず息を止めたくなる。

ますます鳥肌が止まらなくなったレノは、手にしていた荷物を胸の前で抱えなおした。

「……お断りします」

あからさまに怪しい誘いに、誰がホイホイとついていくものか。このまま男たちに従えばどんなひどい目に遭わされるか、子どもにだって理解できる。

レノはゆっくり息を吐き出して、懸命に自分を落ち着かせようと試みた。

――全力疾走で表通りまで走れば……でもどっちに行けばいい？　それ以前にこの人たちを掻い潜《くぐ》れる？

逃走経路は塞《ふさ》がれている。じりじり狭まる包囲網に、冷たい汗が背筋を流れた。

――最悪の場合、荷物を投げつけて……駄目。お隣のおばあちゃんが縫ってくれた大事な靴よ。こいつらに盗まれたくない。それにこの人たち、足元がおぼつかないほど酔っている。隙を見て突き飛ばせば、逃げられるかも……持久力には自信があるわ。

瞬時に色々考えて、レノは怖気《おじけ》づく全身に力を漲らせた。負けてたまるかと反骨《はんこつ》精神を掻き立てる。田舎者の底力を見せてやると、己を奮い立たせた。

「大人しくしてりゃ、すぐ終わるよ」

「そりゃ、お前が早漏《そうろう》なだけだろ！」

——まずは彼らを充分引きつけて——

男共の耳障《ざわ》りな哄笑《こうしょう》は無視し、レノが慎重にタイミングを計っていると。

「——僕の前で、犯罪行為に勤《いそ》しむとはいい度胸だな。酔っていたというのは、言い訳にもならないぞ」

彼らのだみ声とは全く違う涼やかな美声がその場に響いた。

驚いたのはレノだけではない。男たちにとっても予期せぬ『闖入者《ちんにゅうしゃ》』だったのか、目を見開いて後ろを振り返った。

「だ、誰だてめぇ！」

明らかに声が掠《かす》れているのは、相当動揺したために違いない。

何故なら暴漢《ぼうかん》どもの背後に現れたのは、一目で彼らよりもガタイがよく、鍛え上げられた肉体を持つと思しき男性だったからだ。

それだけではなく、腰には長剣を携えている。身に着けているのは、黒い騎士服。腕章や装飾を見れば、平の団員でないことが窺《うかが》えた。

つまりは指揮官クラスだ。

――あの肩章《けんしょう》……まさか団長……？

男性の年齢は二十代半ば。通常、その若さで上り詰められる階級ではない。家柄だけで優遇されるほど騎士団は甘くなく、厳しい実力主義の世界だ。ならば声をかけてきた男性は、当然それだけ腕が立つのだろう。

酔った烏合《うごう》の衆など足元にも及ばないに違いない。男性から駄々《だだ》洩《も》れる威圧感からも、男たちとの差は歴然だった。

だが、レノが息を呑《の》んだ原因は他にもある。

いきなり現れた騎士が、常軌《じょうき》を逸《いっ》した美形だったのだ。

――こ、こんなに綺麗な男の人、見たことがない……

薄暗い路地裏ですら光り輝く黄金の髪。澄んだ水色の瞳。整いすぎた容貌《ようぼう》は、芸術作品の如《ごと》く、人の目を惹きつけてやまない。

やや垂れ気味の双眸《そうぼう》を彩る睫《まつ》毛《げ》の長さは感嘆《かんたん》が堪《こら》えられず、鼻筋と唇の造形は、称賛に値する。耳の形まで麗しいとは、どういう奇跡だ。

癖のある髪が落ちかかる額《ひたい》には、男性の聡明さが表れていた。その上肌もすべすべだ。

絶世の美女が束になっても敵《かな》わないかもしれない。それでいて男性的魅力は溢《あふ》れんばかり。恵まれた体格に美麗極まる顔が乗っていても、まるで違和感はなかった。

「な、何で……お前……いや、貴方が」

「酩酊《めいてい》していても、喧嘩《けんか》を吹っかけていい相手とそうじゃない相手くらいは見分けられるのか。通りを巡回していたら、若い女性の後をつけていくお前たちを見かけ、念のために追いかけてきたんだ。勘が当たったみたいだな」

如実《にょじつ》に慌てふためいた男たちは、顔色をなくしている。どうやら相手の男性を知っているらしい。それも、悶着《もんちゃく》を起こしてはならないと認識している。

今日王都に到着したばかりのレノには見当もつかないが、騎士服を纏《まと》った男性は有名人のようだった。

「お、俺たちは何もしていねぇよ」

「そ、そうだ。道に迷ったその女に声をかけてやっただけだぞ」

「なぁ、そうだよなっ？」

散々脅《おど》していたのを忘れたのか、男らは見え透いた嘘をついた。だが、今のところまだ実害がないのも事実だ。大方、証拠はないと高を括《くく》っているに決まっている。

彼らは目線でレノに口裏を合わせるよう要求してきたが、こちらにはそんなことに従う気はさらさらなかった。

「……正直に自白するなら大目に見ないこともありません。ただし、余罪は全て告白していただきます」

どうせこれが初犯とは思えない。これまでに似たような悪事に手を染めているはずだ。だとしたら今後同様の被害者を出さないために、レノには男たちを無罪放免《むざいほうめん》する気は微塵《みじん》もなかった。

――きっちり罪は償《つぐな》ってもらうわ。自分のしたことには責任を持たないと！

「な、何だと？　生意気《なまいき》な女め……！　だいたいこんなところをボサッと一人でうろついている方が悪いんだろうが。男を誘っていると思われても仕方がない」

「失礼な。好きでうろついていたわけではありません。貴方たち、真摯《しんし》に反省するならまだしも、私を恫喝《どうかつ》するなんてどういう了見ですか。一度しっかり刑に服するべきです！」

「このくそ女……！」

売り言葉に買い言葉で激高した男の一人が、レノに飛びかかってきた。

顔を真っ赤にした男がこちらに腕を突き出し、レノの胸倉を摑もうとする。酔っていても、意外に素早い。よける暇もなく、レノは反射的に目を閉じた。

暴力を加えられる覚悟をして身を固く縮こまらせていると――

「言い訳のしようもない現行犯だな」

先ほどよりもずっと近い位置から澄んだ声が耳に届く。

男たちの後方にいたはずの騎士服姿の男性が、いつの間にかレノのすぐ傍《そば》に立っていた。

それも太い男の腕を片手で難なく止めている。

傍目《はため》からはならず者の方が筋力がありそうなのに、添えられているだけに見える騎士の膂力《りょりょく》の方が遥かに強いらしい。

ピクリとも腕を動かせず、レノに襲い掛かろうとしていた男が啞然《あぜん》とし、固まっていた。

「全員、逃げられると思うな。抵抗すれば――後悔させる」

その一言で、男らの酔いが完全に醒《さ》めたのは間違いない。全員顔色をなくし、その場に崩れ落ちた。

「もう大丈夫。――君の名前は？」

優しく微笑《ほほえ》む男がレノに問いかける。

これが、レノとリュカの出会いだった。

1　悪夢の始まり

体力には自信がある。

体格は平均値で、見るからに頑健《がんけん》とは言い難《がた》いけれど、健康そのものであるのは疑いようもない。

村では男児を従え、年かさの子どもたちすら『レノに喧嘩を売ると、こっちの方が痛い目を見る』と評判だったのである。

とはいえ、絶対に弱い者苛《いじ》めなんてしなかった。

むしろ小さな子や脆弱《ぜいじゃく》な子を守り、圧倒的腕力差があっても決して怯《ひる》まず、自らの正義感に従って間違ったことに立ち向かっていただけだ。

とにかく、暴力をふるって他者を意のままに操ろうとする者や、理不尽な意地悪が許せないのである。そういう『卑怯《ひきょう》』を心の底から憎んでいると言っても、過言ではない。万が一目の前で非道な行いがあれば、とても見過ごせず口を挟む。何なら強引に割り込んで仲裁する。レノはそういう性分《しょうぶん》だった。

幸い、誰に対しても公平で明朗快活《めいろうかいかつ》な性格が功を奏したのか、村でレノを本気で鬱陶《うっとう》しがる者はおらず、ある意味平穏で理想的な環境だったのかもしれない。

共同体の結びつきが強く、皆が親戚のような居場所は、とても居心地がよかった。

しかしこれといった仕事がないのも事実。

五人兄妹の三番目であるレノは、台所事情の厳しい家を助けたい気持ちと、自身の適性を鑑《かんが》みて王都への出稼ぎを選択した。

王都に出れば何かしら仕事はある。身体が丈夫で社交的な自分であれば、バリバリ働き家族への仕送りもできるだろうと踏んだのだ。

当初は若さと元気を武器にして、適当な仕事を見つけようと思っていた。

だがとある運命的な出会いを経て、レノは自らの天職を見つけたのである。

「――――やっぱり騎士団って最高！　制服は格好良いし、人のために働いて、職場は健全。それにお給料は申し分なし。寮完備で食事つき。私、何度生まれ変わっても騎士団に入団するわ！」

「はいはい、分かったってば。あんた、その話何回目？　まったく、酔うと必ず同じ話をするんだから……ほら、そろそろ帰ろうよ」

呆《あき》れ気味の同僚、エマリーが嘆息《たんそく》するのも気にせず、レノはグイっとエールを呷《あお》った。

今日も酒が美味《うま》い。特に勤務後の一杯は最高である。まして明日が休みだと思えば、ついつい酒量が増えるというものだ。

「二人一緒に翌日が休みだなんて久しぶりじゃない。もう少しつき合ってよ」

「駄目。私は明日、恋人と約束があるもの。顔がむくんでいるなんて、許されないのよ」

恋多き女である友人は、すげなくレノの誘いを振り払った。

「友達より恋人を優先するなんて、薄情者《はくじょうもの》め……」

「あんたもそろそろ誰かとつき合ってみたら？　女が圧倒的に少ない騎士団にいれば、それなりにモテるでしょ。それともまさか、一生を仕事に捧《ささ》げるつもり？　潤《うるお》いが足りないわ」

「そこまでは考えていないけど、今は騎士として全力で頑張りたいから、色恋にかまけている暇はないのよ」

片田舎から王都にやってきたレノは、現在騎士団に所属している。

勿論《もちろん》、事務などではなく、バリバリの女騎士としてだ。故郷にいた頃は剣など握ったこともなかったのに、人生は驚きの連続である。

運動神経と体力には自信があったものの、まさか剣術や体術にも才能があるとは、自分でも思いもしなかった。

「あんたねぇ……そんなこと言っていたら、あっという間に年を取っちゃうわよ。いくらリュカ団長を崇拝《すうはい》しているとしてもさ。現実的な幸せも摑まなくちゃ」

「だって、リュカ団長は私の憧れそのものだもの。あの人みたいになりたくて、私は厳しい選抜試験も辛い訓練も乗り越えられたのよ！」

レノが唐突《とうとつ》に女騎士を目指そうと心に決めた理由。それは一つしかない。

王都にやってきたあの日。暴漢に襲われ、あわやのところを颯爽《さっそう》と助けてくれたのがリュカその人だった。

圧倒的力量差を見せつけた姿がどれほど頼もしく、格好良かったことか。

今思い出しても、胸がときめくのを抑えられない。

鮮やかに男たちを制圧した手腕も、落ち着いた佇《たたず》まいも、紳士的な言動も全部、レノがこれまで出会ったあらゆる男性と比べて段違いに魅力的だった。

一瞬で魅了され、レノはこの人についていきたいと熱望したのだ。

――単純にお金を稼ぐために働くよりは、私だって世のため人のために生きたい。弱い人を助けて、それで家族も養えるなら万々歳《ばんばんざい》じゃない？

そう考えたからこそ、騎士団を目指した。

幸運なことにレノには適性があり、結果、難関と謳《うた》われる入団試験を突破できたというわけである。

――まぁ当初は武器の使い方なんて分からず、主に有り余る体力と気合《きあい》で突っ走ったようなものだけど……。

騎士を目指すほとんどの者は、誰かに師事《しじ》していたり学校を卒業していたりする。または、親族の中から騎士を輩出《はいしゅつ》している家系が大半だ。

レノのように右も左も分からぬまま、思いつきで騎士になろうとする人間は少なかった。しかも女騎士は、一層珍しい。

かなり異例の存在だと言っても差し支えないのが、レノの経歴だった。

「はいはい、もう何回も聞いたわよ。本当、レノってば従順な犬みたいにリュカ団長に心酔《しんすい》しているんだから……」

「あの人に憧れない人なんて、この世にいる？」

「そう言われると、反論のしようもないけどね」

リュカ・グロスター。

グロスター伯爵家《はくしゃくけ》の次男であり、僅《わず》か二十六歳にして王都の警護を担う騎士団の団長である。

剣の腕は、『天才』の一言では言い表せないほど。異例の出世を遂げたのは、家柄のおかげだけではない。歴代の団長の中でも群を抜いた実力者だ。

長年小競り合いを続けてきた国境付近での戦乱を瞬《また》く間に治め、最強と名高かった敵国の将を僅か十九歳で討ち取った手腕《しゅわん》を鑑みれば、未《いま》だ王族の近衛隊《このえたい》に抜擢《ばってき》されない方が不思議とも言える。

噂では、リュカ本人が誉《ほま》れ高き打診を拒んでいるのだとか。何でも『腕を磨ける場に身を置きたい。それこそが国と国民に対して自身が果たせる役割だと思っています』と国王に懇願《こんがん》したそうだ。

――真実なら、何て向上心が強くご立派な方なのかしら……近衛隊になれば名誉を得て、危険な任務から解放されるのに。お給料だって桁違《けたちが》いよ?

己の利益に目が眩《くら》むことなく、人々の役に立ちたいという崇高《すうこう》な精神だ。

そんなところも、レノは彼を尊敬してやまなかった。騎士団の中にも、リュカに憧れて入団してきた者が大勢いる。エマリーだってその一人だった。もっとも彼女の場合、『特に顔が素敵』と言って憚《はばか》らないが。

「あの美貌《びぼう》は国宝級よ。当然あちこちから『我が家の婿《むこ》に』と声がかかるけれど、決して頷《うなず》かないのよね。家を継ぐ予定のない子息にとって、騎士は名誉職でもゆくゆくは他家の跡取り娘と結婚して引退するのが、最高の花道なのに。この前なんて、ヴァネッサ様に迫《せま》られたにも拘《かかわ》らず、お断りしたそうよ」

「ヴァネッサ様って、侯爵家の？」

「そ。我がまま娘で有名だけど、家柄は随一《ずいいち》よ。婿に入れば、一生安泰《いっしょうあんたい》が確約されたようなものなのに……リュカ団長は自分の身に余ると辞退されたんだって。まぁ、もっともその後、侯爵家は横領《おうりょう》やら異国との密通《みっつう》が露見《ろけん》して、娘の婚姻どころじゃなくなっているけどね。そういう意味では迂闊に縁続きにならなくて正解かも」

「へえ……」

件《くだん》の侯爵家が現在てんやわんやなのは、レノも当然知っている。様々な捜査が入り、この先は以前と同じ権力を維持するのは困難になるのではないか。

――流石に没落《ぼつらく》まではいかないでしょうけど、数年は表舞台から遠ざかりそう。そういえば侯爵家の悪事は、正体不明の人物の告発から判明したのよね。未だにその正体は闇の中。結局内部告発だったのかな？　それにしては証拠を全て揃《そろ》え、手口が鮮やかだったわ……きっと相当頭のいい人が正義感に駆られたのね。

「あと、この噂は知っている？　昨日突然グレイブ様が更迭《こうてつ》されたでしょう。あれ、リュカ団長の一言で決定したらしいわ」

「グレイブ様って、ご実家の力で財務部に入れたと言われている？」

残念ながら、コネによるごり押しはどこの世界にも存在している。不肖《ふしょう》な我が子を、親の一存で要職に就《つ》けるのだ。グレイブはその最《さい》たる例だった。

仕事はできない、正確にはしない。遅刻、欠勤は日常茶飯事。財務部所属であるにも拘らず、計算がめっぽう苦手。父親の権力を振りかざし、優秀な同僚らを威圧することだけは熱心で、女性職員に猥褻《わいせつ》行為も働いていた――つまり、評判は最悪だったのだ。

それでもクビにできないのは、大人の事情だからに他ならない。

グレイブはことある毎に『父上に言いつけるぞ』と薄ら笑っていた。

――私は直接的な被害を被《こうむ》っていないけど、悪い噂は騎士団にも伝わっていたものね。

それだけやりたい放題だったってことだわ。

心底、関わり合いがなくてよかったと言わざるを得なかった。

「グレイブ様、ついにクビになったの？」

「完全な解雇じゃないわ。そこまでは諸々《もろもろ》なしがらみがあって厳しかったんでしょう。だけど保管部の、しかも地下倉庫への左遷《させん》よ。これはふんぞり返っていた貴族の坊ちゃんにとって、かなりの屈辱《くつじょく》だと思うわ」

「はぁ……そんなことがあったの。私全然知らなかったわ。エマリーは本当、情報通ね」

「レノは、興味がないことはまるで目にも耳にも入らないからでしょう。もう少し周囲に気を配った方がいいわ。騎士団に所属していても、情報や交友関係は大事よ」

まさしくその通りでぐうの音も出ない。

こうと決めたら猪突猛進《ちょとつもうしん》な面があるレノは、何かに夢中になると多大なる集中力を発揮するが、それ以外は全く頭に残らなかった。

「エマリーの助言はありがたく受け取るわ。それより、グレイブ様の件がリュカ団長のおかげってどういうこと？」

「あの方、違法な奴隷《どれい》取引に手を出していたみたい。たまたまリュカ団長率《ひき》いる騎士団が会場に踏み込んだ際、現場に客としていたんだって。それじゃ言い逃れはできないわ。それで、その場にいた事実を揉《も》み消すのを条件に、御父上が息子の更迭を受け入れたそうよ」

「なるほど……その交渉をしたのが、リュカ団長だったのね」

奴隷の売買を主導していたのでもなければ、重罪には問えない。『偶然《ぐうぜん》いただけ』『何も知らなかった』と言い逃れできてしまうためだ。

無理な逃げ口上《こうじょう》でも、裏で賄賂《わいろ》を積めば罷《まか》り通ってしまうことはある。

だが悪評を厭《いと》う貴族にとっては、『面白おかしく他人の噂の種になる』のも避けたい事態だ。そんな辱《はずかし》めを受けるくらいなら、息子を閑職《かんしょく》に追いやられた方がマシだと考えても不思議はない。一応、保管部の地下倉庫勤務であっても、『王都で働いている』ことに変わりはなかった。

――無職で遊び歩いていたり、奴隷売買に関わっていたと囁《ささや》かれたりするよりは断然いいものね。財務部の問題は騎士団にあまり関係がないけれど、リュカ団長は大勢の人が困っているのを無視できず解決してくださったんだわ。ただでさえお忙しいのに……

より一層、レノの彼への尊敬の念が高まった。

「私が聞いた話では、リュカ団長お一人で奴隷商をほぼ殲滅《せんめつ》したそうよ。相手が武装していたせいで、手加減できなかったと肩を落としていらしたわ」

「率先《そっせん》して突入したという噂は、本当だったのね」

人身売買の元締めは、これまでなかなか尻尾《しっぽ》を出さず、国の悩みの種でありながら壊滅させるのが難しかった。

だがリュカの尽力により、ようやく解決への道筋が作られたのだ。

犯罪集団の中心人物が軒並みリュカに斬られ、もはや瓦解《がかい》するのは時間の問題。あの捕り物劇がグレイブの件にも繋がるのかと、レノは感慨深《かんがいぶか》く頷いた。

――まさにリュカ団長はこの国の英雄よ。あの方ほど身を粉《こ》にして国のために尽くす方がいる？　素敵なんて陳腐《ちんぷ》な言葉ではとても言い表せない。

話を聞けば聞くほどリュカの素晴らしさが身に染みる。こうして晴れて騎士団に所属でき、二年が経った今でも、彼に対する敬愛は変わらず、むしろ増していく一方だった。

言わずもがな、レノだけでなくこの国のあらゆる人々がリュカを『英雄』と讃《たた》えている。

だが彼は欠片《かけら》も驕《おご》ることがない。

誰に対しても丁寧な物言いをし、常に柔和《にゅうわ》な笑みを浮かべている。

訓練時には厳しさも滲《にじ》ませるが、それは後輩や部下を一人前に育てるためだ。指導力、統率力も申し分なかった。

女子どもには優しく、高齢者には敬意を持って、いついかなる時も礼儀正しく、紳士の鑑《かがみ》。

家柄がよく容姿端麗《ようしたんれい》な人格者となれば、老若男女問わず羨望《せんぼう》を集めるのは必至《ひっし》だった。

そんな完璧な人が、あの日レノを助けてくれたのである。

自分もそういう優れた人間になりたいとレノが考えても、無理からぬことだった。

「でもさ、あまりにも完璧だと逆に隠された裏の顔があるんじゃないかって、考えたくなっちゃう」

汚れたテーブルを拭きながら、エマリーが「私はひねくれているから」と宣《のたま》った。

「どういう意味？」

「欠点がない人間なんているのかな？　むしろ嫉妬《しっと》に近いかも。超人みたいなリュカ団長にも人並《ひとなみ》なところがあってほしいって願望みたいなもんよ」

「それで裏の顔があるんじゃないかって？　もはや難癖《なんくせ》じゃない」

「だから私はひねくれているって言ったじゃない」

明るく笑い、彼女は残っていたエールを飲み干した。

エマリーとしても本気で言っているわけではないのだろう。酒の場の戯言《ざれごと》にすぎない。全てにおいて優れた人にも、親近感を抱きたい裏返しのようなものだ。

「ちなみに例えば？」

「うーん……実は寝起きが悪いとか、野菜が食べられないとか……？」

「ちっちゃすぎでしょ。しかも野営や食堂でご一緒しても、リュカ団長はそういう素振りなかったよ」

「とすると……案外暴力的な面があるとか？　奴隷商を全滅させたのも、やりすぎっちゃやりすぎだったし」

正確には首謀者《しゅぼうしゃ》の一人を除いて、全てリュカに斬られ命を落とした。しかも唯一残された生き証人も瀕死《ひんし》の状態で、数日後には死亡している。

「でもそれは……」

「相手が武装していたし、捕らわれていた被害者を守らなくちゃならなかったから、致し方ないけどね」

被害者を最優先した結果、なりふり構っていられなかったのは明らかだった。犯人たちを一人も取り逃がさずに済んだだけでも御《おん》の字だ。

さらにそこからグレイブを左遷することに繋がったのなら、どこからも不満が出ようはずがない。結局のところ、リュカを称賛する声が高まっただけ。

――犠牲者が出ない方がいいに決まっているけれど、もし他の者が指揮を執っていれば、あそこまで迅速《じんそく》に事態収束できなかったに違いないわ……

「私、リュカ団長のお力になれるなら、何でもする」

「あの完全無欠の方が、あんたにしてもらいたいことなんて、一つもないと思うけど」

「……っぐ。確かにリュカ団長が私に求めることは何もないって分かっているわよ。でもこれは気持ちの問題なの」

「はいはい。今日の演説はこれで終わり？　それじゃ私は明日の逢瀬《おうせ》のために帰るわよ」

エマリーがうんざり顔で手を振って立ち上がった。

「え、もう？」

「充分飲み食いしたでしょ。あんたも気をつけて帰りなさいよね。レノは腕が立つけど、一応女なんだし。それに純朴《じゅんぼく》すぎるところがあるから、時々心配になるのよ」

「何よそれ、田舎者ってこと？」

「違うわよ。口が立つ悪人に言いくるめられたり、騙《だま》されたりしそうってこと」

随分ひどい言い草だ。いくら何でもそこまで間抜けではない。これでもきちんと自活している立派な大人だ。

「私のこと馬鹿にしているでしょ」

「してないわよ。案じているだけ。レノのまっすぐな善良さは長所だけど、世の中にはあんたが想像もできない悪人だっているの。だから気をつけなさいってこと」

「人を子どもみたいに……」

「友人としての助言よ。それじゃお先に失礼。レノも休日くらいは男と楽しんでみたら？」

無情な友人は宣言通り、引き留めるレノの声を無視してさっさと帰路についてしまった。

賑《にぎ》やかな酒場に、一人客はレノのみ。何だか急に物寂しさが身に染みた。

「……ふんだ、いいもん。私は愛だの恋だのに浮かれている時間はないの。そりゃちょっとは羨《うらや》ましいけど……いや、今は仕事に生きると決めたんだから！」

独り言と呼ぶには大きすぎる呟《つぶや》きを漏らし、レノはエールをお代わりした。

これまで一度も恋すらしたことがない奥手なレノと、王都出身で男友達が多い華やか美人のエマリー。

彼女の周りはいつも賑やかで、楽しそうなのは否《いな》めない。レノと同じくらい鍛錬に明け暮れているはずなのに、この違いはどこからくるのか。

——私だって一応女子のはずなのに、気づけば男扱いされていない？　騎士という職業のせいかと思っていたけど、エマリーはきちんと女性として尊重されている。この差は何なの？

やはり顔なのか。しかしレノだって決して不細工《ぶさいく》ではなかった。むしろ整っている顔立ちだ。やや気が強そうで、あまり人気のない赤毛であることを除けば。

——これでも村では、『見た目のいい熊女』と言われたことだってあるのよ？　褒められたかどうか微妙なのが釈然《しゃくぜん》としないとしても。と、すると……

何気なく視線を下に向ける。

そこには、さほど隆起《りゅうき》が感じられない胸があった。

ちなみにエマリーは、騎士服を纏っていても隠し切れない巨乳である。

――……っく、私だって人並ではあるのに……！

秘《ひそ》かに敗北感を噛《か》み締めた。

レノは、圧倒的に色気が足りない。これまでにも数人に言われたことがある。

性別問わず他者と打ち解けるのは得意でも、それ以上の関係には発展しないのだ。

あくまでも友達。大勢でワイワイやるには楽しい仲間。相談相手。

そういう範疇《はんちゅう》から飛び抜けられたことがなかった。

――べ、別に私は結婚したくて騎士団に入ったわけじゃないんだから、それで何も問題ないのに……！

何だかむしゃくしゃする。こんな時は豪快《ごうかい》に飲んで気晴らしするしかない。

――明日は休暇だもんね。思いっきり酔っても大丈夫。

アルコールの力を借りて、スッパリ切り替えるのが正解だと、レノはさらに酒を注文した。

そうしていったい何杯飲んだのか。

おそらく過去最高に杯を重ねてしまった。ただし、記憶は曖昧《あいまい》だ。帰巣本能《きそうほんのう》を頼りに店を出たのは、閉店間際《まぎわ》だったように思う。

途中、調子に乗って度数の高い酒にも手を出し、完全に酩酊し、千鳥足《ちどりあし》で宿舎を目指した。

店の女将さんから『気をつけて帰りなさい』と言われたものの、『腕っぷしには自信がある』と笑って返したのは覚えている。

騎士団宿舎は酒場から二十分も歩けば到着する近さだ。それに、珍しく平民から女性騎士になったレノの顔はそれなりに知れているので、喧嘩を売ってくる愚《おろ》か者などいるはずもなかった。

酒臭い息を吐きながら、月明かりを頼りに石畳を歩く。

流石にこんな時間では街灯は消されていた。

――治安のためには、夜通し明かりは灯《とも》しておいた方がいいけど……経費の問題もあるものねぇ。せめて大通りだけでも明るかったら、もう少し安心して夜歩きできるのに。

人口が多い王都はその分、犯罪も多発する。特に非力な者が被害者になりがちなので、暗くなれば出歩くのは屈強《くっきょう》な男ばかりになった。

――でも娼婦《しょうふ》や酌婦《しゃくふ》以外にも、どうしても夜外に出なくてはならない女性はいる。帰る家がない子どもたちの存在だって、無視できない。そんな時、安心して歩ける権利が誰だって欲しいよね。

酔った頭でそんなことを考えていると、レノは見回りがてら少し遠回りして帰ろうかと思いついた。

毎晩当番制で騎士団が王都を巡回しているが、それでも窃盗《せっとう》や痴漢《ちかん》、喧嘩などの問題が発生しない日はない。それに一日中隅々まで目を配るのは不可能だ。

ならば自分が僅かでも町の平和を守れるなら、足を延ばす甲斐《かい》があるというもの。

——ついでだし、ぐるっと広場を回って裏道を経由しようかな……

そこは先週強盗事件があった現場が近い。被害者は大怪我を負い、未だ犯人は見つかっていなかった。

同じ場所で再び犯行に及ぶとは思えないものの、周辺住民の不安を拭《ぬぐ》うため見回りをして損はない。

——当然今晩の警邏《けいら》だって回っているだろうけど、二度三度重ねて巡回してはいけない法律はないものね。よし、決めた。

酔い覚ましも兼ね、レノは踵《きびす》を返す。向かうは、王都内でも特に治安が問題視されているエリアだ。

貧困層が多く住むせいもあって、昼間でも観光客は絶対に近づかない。煌《きら》びやかで整備された町の裏側とも言える側面を凝縮した場所だった。

——ああ、夜風が気持ちいい……

火照った肌をやや冷たい風が撫《な》でてゆく。見習いから正式に騎士になったのを機にレノは長かった髪をバッサリ切っているので、首がとても涼やかだ。

エマリーを含め、女性騎士でも短髪にしている者は少ない。そういう意味でも、自分は特殊なのかもしれなかった。

――だけど一度髪を短くすると、その快適さの虜《とりこ》になるわ。洗うのも乾かすのも楽。手入れや髪形に気を遣わずに済むし。

この場にエマリーがいたら、『こういう職業だからこそ、お洒落《しゃれ》を忘れちゃ駄目《だめ》なのよ』と小言を言いそうだと考え、レノは一人苦笑した。

確かに自分は洒落っ気がない。毎日剣を握っているから、手は傷とタコだらけだ。筋肉だって、女性の平均と比べればかなりついている。

アクセサリーの類は一つも持っていないし、花が似合う雰囲気でもなかった。

――エマリーは肌も髪もお手入れを欠かさないものね。化粧だって上手《うま》い。……私ももっと自身に手間暇をかけるべき……？　でもそんな時間があれば、リュカ団長に近づくために努力したいしなぁ……。

今夜は雲が多くて、星明かりは乏《とぼ》しい。月が隠れる度に、足元が見えなくなった。

――この辺りは街灯がついていても、大通りから離れているから明かりが届かない。

路地を進むほどに闇が濃くなる。比例して、建物は粗末《そまつ》なものに変わっていった。悪臭が漂い、気をつけなければ何かに躓《つまず》いてしまいそう。レノは慎重に歩を進め、強盗事件があった現場を通り過ぎた。

その時。

空気を震わせたのが、人の声かそれとも風か。咄嗟《とっさ》には判断できなかった。ただ幻聴ではないと、一気に粟立《あわだ》った己の肌が教えてくれる。異変を察知し、レノの酔いは吹き飛んだ。

――悲鳴……？　いや、呻《うめ》き声……？

どちらにしろ、何かがあったのは間違いない。それも、あまりよからぬ事態が。

レノは自らの気配を消し、物音がした方向へ向かった。

入り組んだ路地をいくつか曲がり、その先はどん詰まりになる。

住民でさえ滅多《めった》に立ち入らない、ゴミがうずたかく積み上げられた場所だ。外壁に囲まれ日当たりが悪いせいで、昼間もジメジメとしており不衛生極まりない。

排泄物《はいせつぶつ》を捨てていく者がいるため、ひどい悪臭にレノは顔を顰《しか》めた。

だが、臭いはすぐに気にならなくなる。何故ならそこには、腰を抜かして地べたに座り込む男と、今まさに剣を振り下ろそうとする男がいたからだ。

声で叫んだ。

「え……っ」

想像以上の修羅場《しゅらば》に、身体は勝手に動いていた。

レノは咄嗟に近場に落ちていた枝を拾い、男たちめがけて走る。同時にあらん限りの大声で叫んだ。

「そこで何をしている！」

丁度《ちょうど》雲が月を隠したため、眼前の二人が男性であることしか分からない。顔立ちは全く不明。ただレノに背を向けて立っている男は、かなり大柄であることが見て取れた。

――武器がないと不味《まず》いかも……でも私が誰だか知れば、怯むはず。

地面に座り込んでいたもう一人は、レノが割って入ったことで助かったと思ったのか、ひぃひぃ言いながらこちらに這《は》ってこようとしている。

恐怖のあまり声が出せないのかとレノが思った刹那《せつな》、僅かな月光が彼を照らした。

「な……っ」

か細い一条の光が、宵闇《よいやみ》に男を浮かび上がらせる。

薄汚い格好に不摂生《ふせっせい》を窺わせる肌艶《はだつや》。いや、血色が悪いのは、別に理由があった。

男は自らの首を押さえている。どうやら喉を潰《つぶ》されているのだと気がつき、レノは愕然《がくぜん》とした。

――衝撃を加えられて、一時的に声が出なくなることもあるけど……まさか――

それだけでなく、足を怪我しているらしい。

普段であればふてぶてしい表情で他者を威嚇《いかく》しているると思われるならず者が、涙を流しながらレノに助けを求めていた。

「そ、そこの貴方、動かないで！」

一方、立っている男はどうやら無傷だ。ならばこれは喧嘩ではあるまい。一方的で凄惨《せいさん》な暴行事件だと判断し、レノは枝を構えた。

「私は王都の治安を守る騎士だ。抵抗すれば、罪が重くなる！」

騎士への暴行は、一般的な暴力沙汰《ざた》よりも重罪に問われる。だからこそレノは声高《こわだか》に警告した。

「武器は足元に置いて、両手を挙げてこちらを向きなさい」

恐怖を捩《ね》じ伏せ、極力冷静に語り掛ける。ここでこちらが取り乱せば、あちらも興奮し手がつけられなくなってしまう。

それだけは避けたくて、レノはゆっくり息を吐いた。

しかし当の相手は一向に命令に従わない。

武器を置く素振りもなければ、こちらを振り返る様子もなかった。

「大人しく私と来てもらいます。逃げようなんて思わないで」

――暴れられたら厄介《やっかい》だわ。薬やお酒で判断力がなくなっていたらどうしよう。

固唾《かたず》を呑んで男の動向を注視する。

すると、ただならぬ気配を発していた彼が大仰《おおぎょう》な溜息《ためいき》をついた。

「――それでは及第点《きゅうだいてん》とは言えないな。問答無用《もんどうむよう》で制圧するくらいでなければ、自分の身に危険が迫る可能性がある。もしも僕が突然君に襲い掛かったら、どうするつもりだ？　剣も持たずに無謀《むぼう》なことは控《ひか》えなさい」

至極《しごく》落ち着いた声を吐き出し、立っていた男がこちらを振り返る。

先ほどまで漂っていた緊張感が嘘のような、さながら出来の悪い訓練生を諭《さと》す風情《ふぜい》だった。

「え……リュ、リュカ団長……っ？」

雲の切れ間から月明かりが降り注ぐ。照らし出された男は、眩《まばゆ》い金の髪を掻き上げた。

柔和に細められた瞳は、とてもこの殺伐《さつばつ》とした状況に似つかわしくない。あまりにもいつも通りで感情の昂《たか》ぶりや揺らぎが感じられなかった。

「あ……、な、何故団長がこんなところに？　本日は休暇だと伺っておりますが」

「ああ。だから個人的に巡回をしようと思って。先週の強盗事件もまだ解決していないしね。君はレノ・ライカ団員だね。腕が立つと評判は聞いているが、それでも女性だ。勇敢さと無謀さをはき違えない方がいい」

さりげなく剣を鞘《さや》に納め、リュカが微笑む。

優美な笑顔に魅了され、レノは一瞬現状を忘れかけた。

――わ、私のことを案じてくださったの？　と言うか、まだ二年目で一団員の私の名前をご存じだなんて。それに休みの日まで仕事に奔走《ほんそう》していらっしゃるってこと？　……本当に何て立派な方なの。どんなに出世されても、ご自分の本分を忘れないのね。

尊敬が込み上げる。敬愛の念が際限《さいげん》なく膨《ふく》らんでゆく。こういう人に自分もなりたいと、レノは心の底から願った。

「う……ぅううっ」

昂る気持ちを現実に引き戻したのは、喉を押さえて涙や鼻水まで垂らしている男の呻き声だった。

ようやくレノの間近まで這ってきた男が、こちらの足に縋《すが》りつく。その様はリュカから少しでも逃れようとしているとしか思えない。大きな身体ではレノの陰に隠れられるわけもないのに、必死で身を縮こませていた。

「ちょ、押さないで。そんなに摑まれたら、動けません」

「うううッ」

男の怯えた様子は尋常《じんじょう》ではない。何やら相当恐ろしい目に遭ったのは、想像に難くなかった。

「いったいここで何があったのですか？」

「ああ……その男が先週の強盗事件の犯人だ。被害者の証言と、本人の自白も得た。だが捕縛《ほばく》しようとしたが抵抗されたので、やむなく反撃したんだ」

「そうだったんですか」

リュカの優秀さには舌を巻く。この一週間、大勢の騎士たちが犯人を捜していたのになかなか成果を得られなかった。それを、休日に一人でけりをつけてしまうなんて、やはりこの人は並外れているとレノは感嘆の息を吐く。

――ただ、若干やりすぎなのが気にかかるけど……リュカ団長のおっしゃる通り、興奮した犯人に反撃されては厄介だものね。

この男を逃がせば、また新たな被害者を生み出しかねない。そう考え、少々加減がきかなかったのかもしれないと、レノは己を納得させた。

「事情は分かりました。でしたら、私が犯人を詰所《つめしょ》に連行いたします」

何も団長の手を煩《わずら》わせるまでもない。明日出勤してから改めてリュカには説明してもらえばいいと思った。

面倒な手続きは、下っ端の仕事だ。言っては何だが、何枚も書類を書いて決裁を仰《あお》ぎ、あちこち赴《おもむ》いて手続きするのは、なかなかに煩雑《はんざつ》なのだ。それ故、小さな事件だと面倒を嫌がって『なかったこと』として処理しようとする者が後を絶たない。

華やかに見える騎士の仕事も、裏側では地味な業務が多く、また腕っぷし自慢が集まるせいか、書類仕事は滞《とどこお》りがちになる。

リュカが部下に煩わしい仕事を押しつけたと聞いたことはないけれど、内心ではうんざりしているのは容易に想像できた。

――お忙しいリュカ団長のお手伝いを少しでもできるなら、私が代わりにやるわ。

そう、レノは気を利かせたつもりだったのだが。

「……いや、僕が最後まで責任を負う。君はもう帰って構わない。勤務時間外だろう？」

「それは団長も同じでは……」

月光が陰る。

暗闇の力が増し、粘度が高い夜に塗り込められる。彼の顔に陰影《いんえい》が刻まれ、表情が見えなくなった。

息苦しいと感じたのは、単なる思い過ごしだ。

にも拘らず、レノの喉は喘《あえ》ぐのに似た音を立てた。

「――僕は時間があるから大丈夫だ。部下に面倒事を丸投げするつもりはないよ」

普段から高潔で、下の者に対しても威張り散らすことなく、公平なリュカならばきっとそう言う。雑用や事務仕事を他者に押しつける上司とは違う。

だから、彼が自ら最後まで見届けることは、何ら不思議がない。むしろ『さもありなん』だ。

しかし今夜のレノは、激しい違和感を抱いた。

――何で？　このまま立ち去ってはいけない気がする……

おそらく、手伝いは必要ない。リュカ一人で事足りる。逆にレノが出しゃばっても、邪魔にしかならないのは分かっていた。

それなのにどうしても足が動かない。

素直に立ち去る気になれず、無意味に足踏みする。そんなレノの様子を怪訝《けげん》に感じたのか、リュカが首を傾げた。

「……心配しなくても、僕一人で問題ない。その男をこちらに引き渡してもらえるかな？君は帰って休みなさい。騎士たるもの、身体が資本だ。休めるときにしっかり休息をとるのも仕事のうちだよ」

「えっ、ぁ、はい」

そこまで上司に言われては、頷くより他にない。

レノは迷いつつも、足にしがみついてくる男を見下ろした。

「あの、きちんと罪を償ってくださいね？　これに懲《こ》りたら、悪事に手を染めないことです。出直す機会を得たと思って、前向きに贖罪《しょくざい》しましょう」

人はやり直せる。根っからの悪人などこの世にいない。本心からそう信じているからこそ、レノは強盗犯の改心を純粋に願っていた。

「……っく」

だが微《かす》かに失笑めいた音が聞こえた気がする。風の音だと言われればそれまでの、ごく小さな物音。

音がした方向へ視線をやれば、そこにいるのはリュカのみ。にこやかな微笑に嫌味は微塵もなく、当然ながら他に人影はなかった。

——聞き間違い……？　リュカ団長が私を嘲《あざけ》る理由もないものね。きっと勘違いだわ。

彼の態度には全く揺らぎがなく、平素《へいそ》通りの優しげな風貌《ふうぼう》は完璧に整っている。

レノは空耳だったのだと結論づけた。

「では、私はこれで……」

「うっ、ぐぅううぅッ」

しかしレノの足にがっちりと絡みついた男が離してくれず、強引に歩き出そうにも必死の剣幕《けんまく》で両足を抱えられ、困惑した。

「包み隠さず自白して被害者へ弁済《べんさい》すれば、減刑になりますよ。勿論、深く反省してくださいね」

そう告げて掴まれた足を引き抜こうとするほど、絡みつく腕の力が強くなる。今や、痛いほどだ。死に物狂いと言っても過言ではない必死さで、男はレノに縋りついていた。

「きゃ、あの、そんなに捕まりたくないなら、今度からまっとうに生きてくださいね。とにかく、リュカ団長の言う通りに――」

「ぐぅううっ」

リュカの名前を出した瞬間、犯人はさらに冷静さを失った。声が出せないながらも何かを訴えようとしているのか、懸命に首を横に振る。

瞳には明らかに恐怖が湛《たた》えられ、何も知らない者がこの場に遭遇《そうぐう》したら、この男こそが被害者だと思ってしまうだろう。

――よほどリュカ団長に手ひどく返り討ちにされたのね。国の英雄と称賛される天才に、そこらの破落戸《ごろつき》が敵うはずもないのに。こんなに怯えているのは可哀相《かわいそう》だけど、これを機に真人間になってほしい。

「今回、被害者の怪我は命に関わるものではありません。示談《じだん》には応じてもらえると思いますよ。余罪があれば刑が重くなるのはやむを得ませんが、それでも極刑《きょっけい》には至らないはずです」

他によほど重罪を犯していなければ。

だが、諭すレノの言葉は全く耳に届いていないのか、男はなおもこちらの足を離してくれない。強引に引き剝がそうかレノが迷っていると、不意に冷ややかな風が流れた。

「……これ以上、僕を煩わせないでくれるかな」

声音は柔らかく。苦笑すら孕《はら》んで。

決して命令や突き放す言い方ではない。けれど、その場にいれば誰もが全身を強張《こわば》らせる空気が、一瞬にして張り詰めた。

人の恐怖心を直撃するかのような、底冷えのするもの。

ひょっとしたら、レノの喉は掠れた悲鳴を漏らしたかもしれない。けれどそれ以上に、強盗犯の男がひび割れた呻きを漏らした。

「……ぅぅうッ」

男の腕から力が抜ける。その隙を見逃さず、レノは慌てて足を引き抜き距離をとる。ただ、心臓は不可解な速度で鼓動を刻んでいた。

——今の、何。リュカ団長の醸《かも》し出す雰囲気がいつもと違った……？

しかし彼を見ればこれといった変化はない。

穏やかな微笑が口元に浮かんでいる。視線は凪《な》いでおり、殺伐とした双眸などどこにもなかった。

「彼女は勤務時間外だ。騎士団を纏める者として、許可のない残業は認められないよ。それでなくとも、女性騎士は少ないからね。仕事がきつくて辞められては困る」

「や、辞める予定はありません」

「そう。ならよかった。さ、彼のことは僕に任せて、君はもう行きなさい」

半ば追い払われている気分になる。

犯人の男は今や下を向き、虚《うつ》ろな瞳で唸《うな》っている。

口の端から唾液《だえき》が滴《したた》って焦点が合っていない様子から、薬物が疑われた。とはいえ、この様子ではもはや逃げたり暴れたりするとは思えない。

いわば戦意喪失。それにまともに声が出せず、走るどころか立ち上がることも難しい状態なら、下手にレノがしゃしゃり出る方がリュカへの侮辱《ぶじょく》になりかねなかった。

——団長一人では手に余ると言っているようなものだものね……ここは大人しく帰ら

せていただこう。

「……分かりました。ではお先に失礼いたします」

「ああ、気をつけて帰りなさい」

ペコリと頭を下げて、レノはその場を離れた。けれどつい後方を振り返る。すると犯人の男が『この世の終わり』とでも言いたげな表情で、こちらに手を伸ばしていた。

刑に服することよりも、リュカと二人きりで残される方が恐ろしいとでも言いたげに。

「あ……やっぱり――」

「お疲れ様。ゆっくり休みなさい」

私も同行しましょうかという台詞《せりふ》は夜に溶けた。

リュカがさりげなく立ち位置を変え、座り込んでいた男の姿がレノからは見えなくなる。

当然、犯人の涙目もこちらの視界から遮《さえぎ》られた。

「はい……ありがとうございます……」

後ろ髪を引かれつつ、レノは薄汚れた路地から離れた。

しばらく歩いて深く息を吸い込み、吐き気を催《もよお》すゴミの臭いを忘れていたことに思い至る。鼻が曲がりそうなほどの悪臭だったのに、いつの間にか慣れてしまっていたのか。

――それとも、臭いどころではなくなった……？

ザワザワと心が落ち着かない。帰路を急いで足を速めても、頭の中は先刻の出来事でいっぱいだった。

まるで心を路地裏に置き忘れたかのようだ。

どうしても気になる。特にあの、男が最後に見せた縋る眼差《まなざ》しが、レノの脳裏《のうり》にこびりついて消えなかった。

「……っ、駄目！　やっぱりお節介《せっかい》でもつき添おう。その方が犯人だって素直に自供《じきょう》するかもしれないし……！」

誰に聞かせるでもない言い訳を口にし、レノは今来た道を引き返した。

気掛かりを放置《ほうち》するのは性に合わない。それくらいなら面倒事を引き受けた方がずっと楽になる。

——リュカ団長が気遣ってくださったのには感激したけど、事務手続きは下がやるべきよね。団長の貴重なお時間を、誰でもできる仕事には割けないもの。

うんうんと首肯《しゅこう》しながら、小走りで戻った。

——配慮してくださったのに出しゃばってすみませんとまず言って、それから——

あと一つ角を曲がれば、先ほどのどん詰まり。

レノはリュカに感謝と謝罪を告げるべく、大きく息を吸った。

「あの、リュカ団長……」

「……っ、た、助け……！」

呻きではない男の声は、ほとんどひび割れていて聞き取れなかった。だが必死な命乞《ご》いであるのははっきり分かる。

役立たずの喉を震わせ、振り下ろされそうになっている剣に怯え切っていたのだから。

「な……っ」

ついさっき見た光景に酷似《こくじ》している。

地べたに座り込んで恐れ慄《おのの》く男。そして、いっそ美しく剣を構えるもう一人の男。

違うのは、彼らの位置が変わり、無表情で武器を振り下ろそうとしているリュカがこちらを向いていることだった。

「何をしているのですか……？」

「──帰ったんじゃなかったのか」

嘆息交じりに言い捨てた彼からは、焦りも疚《やま》しさも見受けられなかった。

ただ『面倒だな』と言わんばかりに肩を竦《すく》める。その上凍りついていた唇が弧を描き、レノがよく知るリュカの表情になるではないか。

そのあまりにもこの場にそぐわない反応が、何よりもレノの全身を粟立たせた。

——何故、笑えるの……？

とてもそんな状況ではない。もしレノがあと一秒遅ければ、おそらく彼の剣が強盗犯を斬り裂いていたはず。それも、致命傷を負う勢いで。

レノだって厳しい訓練を受けている騎士の端くれだ。どれだけ踏み込めば脅しでは済まない事態になるかは分かっている。

あの間合いは、確実に息の根を止めるものだった。

だが人を殺《あや》めようとしているとは到底思えない様子で、リュカは落ち着き払っている。

普通は殺気が漏れるものだ。それが彼には欠片もなかった。

——平然と人を斬ろうとした……？　ううん、そんな馬鹿な。

尊敬してやまないリュカに限ってあり得ない。一瞬でも疑った自分を恥じ、レノは深呼吸した。

「あ、の……犯人がまた暴れたのですか……？　それでしたら、私にお手伝いできることがあれば——」

きっと見間違い。さもなければ自分の勘違い。たまたまそんな風に見えただけ。

必死に己に言い聞かせ、レノは怖気づく足を一歩前に踏み出した。

変に慌てふためいては、おかしな空気になってしまう。殊更《ことさら》冷静にふるまって、いつも通りを心掛けた。けれど。

「た、助けてくれ……！　この男に殺される！」

今度は蹲《うずくま》っていた男がはっきりと声を上げた。

どうやら喉は一時的に発声し辛くなっていたらしい。時間が経って回復してきたのか、しわがれていても言葉は明瞭《めいりょう》に聞き取れた。

「え……？」

「お、俺は自首するって言っているのに、面倒だから死ねと……ひぃっ」

四つん這いでレノににじり寄ってくる強盗犯は、目が血走っていた。嘘をついていると は思えない。本気で命を狙われている者の勢いに、思わず気圧《けお》される。

だが男の発言内容が上手く咀嚼《そしゃく》できず、レノは視線を泳がせた。

「リュカ団長は貴方を騎士たちの詰所へ連行するだけですよ……？　その後、牢《ろう》に入ることにはなると思いますが……」

殺される、死ねという単語の持つ恐ろしい響きが頭の中を木霊《こだま》する。

レノは忙しく瞬き、この状況を理解しようと努めた。

「お、俺は騙されねぇぞ。こいつは殺人者だ。それも殺ったのは、一人や二人じゃねぇ」

レノが騎士に任《にん》ぜられてから戦争は起きていないので、まだ自分が戦場に立ったことはなかった。だが、リュカは勿論ある。

そこで功績を立てたからこそ、騎士団の歴史上最年少で団長まで上り詰めたのだ。だから『殺めた人の数が複数』なのは、至極当然のことだった。国民であれば、誰でも知っていることだ。

――混乱しているの？　かなり興奮している。もっと騒ぐようなら、二人がかりで押さえ込んだ方がいいかもしれない。

「落ち着いて。もう貴方は逃げられません。素直に縄についてください」

「だから、捕まるのは俺だって覚悟している。いっそ監獄に送ってくれ。ここで『手続きが面倒』だからって殺されたくねぇよ！」

「何の話ですか」

「こいつが言ったんだ。くだらない書類作成に手間を取られるくらいなら、容疑者死亡で片をつけた方が、時間も労力も削減《さくげん》できるって……！」

耳を疑う言葉に呆然《ぼうぜん》とした。

人格者で誇り高いリュカがそんな発言をするわけがない。そもそも面倒だと思っていたなら、レノに押しつけてもよかったはず。申し出を断ったのは、彼自身だ。強盗犯が語る内容とレノの知るリュカ像とが全くそぐわず、まるで見知らぬ人間の話を聞いている気分になった。

「何か行き違いがあると思います。リュカ団長がそんなことは口にしません」

「命がかかっているのに、嘘なんて言わねぇよ！　そこのあんた、だったらお前が俺を詰所に連れて行ってくれ。こいつと一緒にされたら、いつ殺されても不思議じゃねぇ！　俺はこれでも色んな奴を見てきたんだ。間違いねぇ、この男は躊躇《ためら》いなく人を殺せる人間だ。それも大した理由がなくたってな！　快楽殺人鬼に決まっている！」

男の怯えようは尋常ではなく、一笑にふせない気迫があった。

本気でリュカを恐れている。しかし犯罪者はいざ自分が裁かれると思うと、みっともなく泣き喚《わめ》く者も少なくない。自分の方が哀れな被害者だと主張することすらあるのだ。

レノは眼前の強盗犯もその類《たぐい》だと思い、緩く頭を左右に振った。

「……分かりました。では私が貴方を連行します。ただしリュカ団長への侮辱はやめてください」

いくら捕まる恐怖で我を忘れていても、それとこれは話が別だ。

リュカを異常者のように言うのは、見過ごせなかった。

「本当のことを言っただけだろう！　でなきゃどこの世界にまず喉と足を潰す奴がいる。甚振《いたぶ》って殺す以外に理由があるか？」

喉はかなり回復したようだが、強盗犯は未だ立ち上がれないようだった。

レノが男の足首に目をやれば、斬られた痕《あと》がある。おそらくは腱を。あまりにも見事な太刀筋《たちすじ》は、最低限のもの。それでいて絶大な効果を発揮している。

このような芸当ができるのは、限られた人間に違いなかった。

――こんな非情な真似をリュカ団長が……？　ううん、馬鹿な。私はいったい何を考えて……リュカ団長には何らかの理由があったのよ。

強引にレノが己を納得させようとしても、地べたに転がる男は、傷を負いすぎている。さながら、嬲《なぶ》り殺されようとしているかの如く。

「……っ」

ザワッとレノの背筋が怖気立つ。浮かんだ考えを払拭《ふっしょく》しようとして忙《せわ》しく息を継いだ。

けれど息苦しさは微塵も緩和しない。逆にどんどん泥の中へ沈むような圧迫感に苛《さいな》まれた。

――惑《まど》わされるな。たまたま状況がそんな風に見えただけ……どうにか逃げたくて、適当なことを言っているだけよ。

月明かりが路地裏を朧《おぼろ》げに照らす。

汚れ穢《けが》れたものだらけの空間で、姿勢よく立つ男だけが場違いに美しく微笑んだ。

「……小さな案件で、皆の手を煩わせる気はない。そうでなくても仕事は山積みだ。被害者への補償さえ叶えば、犯人の生死はどちらでもいいと思わないか？　むしろ死んでくれた方が余計な取り調べや捜査に人員をかけずに済むし、監獄で養《やしな》ってやる必要もない」

何か問題が？　と言いたげにリュカが両手を広げた。

その仕草《しぐさ》は優美ですらある。

強盗犯の存在がなかったら、レノは操られるまま頷いてしまったかもしれない。合理的だと、リュカを絶賛しながら。

「ま、待ってください。その言い方ですと、リュカ団長がこの犯人を……あ、殺めるつもりだと聞こえます」

「無駄を省《はぶ》きたいと言っているだけだよ」

言葉の選択に悩み、言い淀《よど》んだレノの思いとは裏腹《うらはら》に、リュカはこともなげに告げた。

あまりにも普段と同じ。声の強弱も、視線や態度も。本気で、何とも思っていないのが明らかだった。こちらは、口にするのも悍《おぞ》ましいと躊躇っているのに。

「リュカ団長……？」

「この男が刑に服したところで、改心は望めない。どうせまた犯罪を繰り返す。ならば早めに処理するのが一番だと思わないか？　彼を消してしまえば万事《ばんじ》解決。その方が社会のためになるよね」

語り掛ける口調には、澱《よど》みも迷いもなかった。さりとて、行き過ぎた正義感とも思えない。

ひたすらに噛み合わず、レノは彼との間に著《いちじる》しい齟齬《そご》を感じた。

――犯罪者にも更生の機会を与えるのは当然よね？　でもこんなに堂々とリュカ団長がおっしゃるのだもの……私の方がおかしいの？

それも、要約すれば『面倒だから』。彼が口にした内容は、突き詰めればそういうことだ。

無駄だから省こうと提案している。命がかかったやり取りに、あまりにも似つかわしくなかった。

「そりゃ、手続きには手間と時間がかかりますが……いくら何でも犯人を、け、消すだなんて――だったら、私が代わりに雑務を引き受けますから！」

「君の貴重な時間とその男のくだらない時間では、釣り合わないよ。レノの就業時間や体力は他の案件に回した方が合理的じゃないか。町の治安が向上すれば、多くの人が助かる」

優しいのか酷薄《こくはく》なのか。判断つきかねる発言が淡々と続く。リュカの唇には微笑がのったまま。まるで変わらない美しさが、次第に禍々《まがまが》しさを帯びた。

「え、だとしても……殺しては駄目です」

「何故？」

「私たち騎士は捜査や捕縛の権利はあっても、刑を執行《しっこう》する許可を得ていません！」

本当に言いたいのは、そういうことではなかった。

権利や職域の問題ではないのだ。もっと倫理観や心の話が根幹にある。

だが形のないそれらを説いても、無為《むい》に終わるのは容易《ようい》に想像できた。

「命は……一つしかありません……」

「勿論だ。被害者もそうだろう？」

彼は怪訝そうに眉を顰《ひそ》めている。レノの言い分を咀嚼した上で不可解だとリュカの双眸が語っていた。

——言葉が、届かない……

同じ言語を操っているはずなのに、まるで対話できている気がしなかった。

声自体は確かに届いている。それでも内容が響かなければ、全ては雑音と同じ。

レノの言わんとしている芯の部分は、欠片もリュカに訴えかけられていないのだと悟った。

「……レノの言うことも尤《もっと》もだ。今度は騎士にも一定の懲罰《ちょうばつ》権を与えられるよう、交渉してみよう。現場で判断すれば無駄がないのは明らかだ」

──無駄？　リュカ団長は、犯人逮捕の書類を書いたり手続きをしたりするよりも、殺してしまった方が簡単だと言いたいの……？

とてもレノには受け入れられない。浮かんだこともない考え方だ。

どんな者にも生きる権利はある。しかし彼には自分や騎士団を煩わせることよりも、強盗犯の命は軽いと言いたいらしい。

──リュカ団長がそんな非道なことを口にするはずがない。私の聞き間違いに決まっている……

でなくては困る。

強固に積み上げられていた憧れが、脆《もろ》く崩れ去ってゆく幻影が見えた。到底《とうてい》認められない。

誰よりも立派で高潔なリュカに限って、耳を疑う発言をするなんてあり得なかった。

「で、ですからこの件は私が後を引き継ぎます」

「レノ、だけど君が見落としていることもあるよ。騎士には、国の治安を乱し職務遂行《すいこう》を妨《さまた》げる者を斬り捨てる権利はある」

「そ……れは、激しく抵抗され、一般市民やこちらに多大な被害が及びそうな場合の話ですよね……っ？」

あくまでも身の危険を感じた時に、やむを得ない処置だ。

別に犯人を屠《ほふ》ることを推奨しているわけではなかった。

「今夜は、それに当て嵌《は》まる」

ざわりと空気が動く。密度の濃い闇が三人を取り囲んだ。月は再び雲に隠れ、互いの輪郭のみがやっと視認できる。だからリュカがどんな表情を浮かべているのかは謎だ。

ただしレノは、彼の声音に潜む秘かな愉悦《ゆえつ》を嗅《か》ぎ取ってしまった。

――夜に惑わされたみたい。いっそ全部夢であったらよかったのに……

悪夢を見たと忘れられたら、どんなによかったことか。だがこれは現実だ。

レノの足元に這い寄ってくる強盗犯の、情けない悲鳴に現実逃避は打ち破られた。

「いいえ。駄目です。規則は守らないと……今回はそこまで危機的状況ではありません。ですから、リュカ団長が手を下《くだ》す理由にはなりません」

「あ、あんたはまともなんだな。頼む、俺を助けてくれ……！」

心は嵐の真っただ中にあったが、レノはどうにか冷静さを取り繕えた。本当は叫びたいほど混乱している。狼狽《ろうばい》し、慌てふためくままレノから逃げ出したいのが本音だった。

しかし自分は騎士だ。

高い志を持って、『正しい行い』をすると誓《ちか》った身。

どんなに理解不能な恐怖に見舞われても、助けを求める人を無視できなかった。

「いくらリュカ団長でも、規律違反はいけません。それではご自身の立場が悪くなります」

「レノが口を噤《つぐ》めば、今夜の事実は『僕の証言通り』になる。ここには三人の人間しかいない。どうとでも改竄《かいざん》できるよ」

「わ、私に偽証《ぎしょう》しろとおっしゃるのですか？　無理です。嘘はつけません」

実生活でも幼い頃から正直者として生きてきた。人を騙すなんてもっての外。しかも自分に都合よく事実を捻《ね》じ曲げるなんて、レノには到底考えられなかった。

「それに……他の方にバレれば、真実はいずれ明らかになります……っ」

「仮に僕と君が食い違う証言をして、信用を得るのはどちらだろうね？　君は僕よりも信頼されている自信があるのか？」

またもやレノが抱く『リュカ像』からかけ離れた発言をされ、思わず絶句《ぜっく》した。

脅されている気分だ。いや、少なからず脅迫《きょうはく》の意図が込められている。

もしレノが自身の意見を押し通し、リュカとは異なる真実を訴えたとしたら。

結果は目に見えている。

清廉潔白《せいれんけっぱく》な人格者として知られる貴族階級出身のリュカと、田舎から出てきて体力だけが自慢である平民のレノ。

十人いれば全員、彼の言葉に耳を傾けるに決まっていた。

こちらの言い分を信じる酔狂《すいきょう》な人間は、一人も思い当たらない。エマリーだって、リュカが正しいと判断するのではないか。

「リュカ団長……きっとお疲れなんですね。休日までこうして見回りをしているくらいですもの……それで、妙なことをおっしゃっているのではありませんか？」

どうかそうであってくれと祈る強さで願った。

一時的な気の迷い。苛立《いらだ》っていれば、普段とは違う言動をすることもある。

人間、常に清く正しくふるまうことは難しい。時には気が緩んでも、不思議はない。今夜がたまたま、リュカにとってそういう日であっただけ。

けれどこの場に漂う空気が、残酷《ざんこく》にも『違う』と告げてきた。

「……レノにとっても、僕に従った方が有益だと思うよ？　その男は絶対に更生なんてしない。生かしておけば大した罪にはならず、この先も被害者を生み出し続けるさ」

「リュカ団長はそんなことを言う人では……か、彼にも家族がいます。悲しむ人や帰りを待つ人が――」

「君が僕の何を知っている？　だいたい家族云々《うんぬん》と言うなら、被害者も同じだ。万が一今後新たに生まれる被害者が命を落としたり、取り返しのつかない障害を負ったりした場合、悲しむ人が増えるだろう？　禍根《かこん》は根元から取り除くのが正解だ。ああ、それとも――見返りがないとレノは動かないタイプかな？」

善悪の天秤が幻影となってレノの脳裏で揺れた。

仮定の話に心乱される。彼の言うことに、納得している自分も確かにいると認めざるを得ない。

庇《かば》う余地のない犯罪者と罪のない被害者の命なら、どちらが重いかと問われれば、レノに即答はできなかった。

頭では等価であると分かっている。そこに優劣があってはならないのだ。

しかし今夜の雰囲気に毒されたのか、レノは唇を震わせ、空気を食《は》むことしかできなかった。

喉と口の中が干上がり、思考が上手く纏まらない。何か言い返さなくてはと気負うほど、何もかもが空回りしていた。

「み、見返りって……」

絞り出せたのは、たったそれだけ。役立たずになり下がった頭も身体も、レノの意のままになってくれない。本当に問うべきは別のこと。だが言葉は繋がらず、無為に消えた。

「ご褒美に何が欲しい？　地位や金かな。それとも休暇？」

「わ、私は欲得で動く人間ではありません……！」

尊敬する人に醜《みにく》い取引を持ち掛けられているのだと悟り、目の前が真っ暗になった。

リュカからその程度の人間だと思われていた屈辱。大事に温めていた理想が崩れた衝撃。

それらがレノの中で暴れている。混乱の極致では、何に一番ショックを受けているのかも判然としなかった。

「人は誰だって、利益に左右されるものだろう？　きつい仕事でも報酬と釣り合っていれば引き受ける。損より得を選ぶ。それは少しも恥ずかしいことじゃない。だからレノも正直になったらいい。人目を気にする必要はないよ」

「外聞《がいぶん》を気にして、言っているわけではありません」

微妙に食い違う会話は、どこまで行っても平行線だった。これ以上語り合っても、分かり合える気がしない。

根本が違うのだと、レノも薄々感じ取り始めた。

立っている場所も、見える景色も重ならない。価値観の絶対的断絶に愕然とする。

レノにとって大事なことは、彼にとって些末《さまつ》なこと。

そしてリュカの優先事項は、レノには己の中にある倫理観を擲《なげう》ってまで選ぶ価値がないものだった。

「……君は変わっているな。普通は鼻先に餌をぶら下げられたら、大喜びで食いつくのに」

「皆が皆、同じではありません。騎士になった時、全員『清く正しくあれ』と誓いを立てたはずです！　リュカ団長だって……」

「あんな形式的なものを、本気で信じている人がいるとはね。驚きだ」

見習いから正騎士に昇格した際、全員誇りを持って責務を果たすと誓う儀式がある。レノはずっと、そのことを大切に胸に抱いていた。当然他の者も同じ思いだと信じていたのに、騎士代表と呼んでも差し支えない彼にまさか否定されるとは。

足元が瓦解する錯覚を覚え、ひどい眩暈《めまい》に襲われた。

――この人は、本当に私がよく知るリュカ団長？　実は別人じゃないの……もしくは誰かに操られたり唆《そそのか》されたりしているのでは？　そうよ、きっと抗《あらが》えない事情があるに決まっている。だったら、私がもっと真摯に説得して――ああでも、何を言うべきか見つからない。

「私は……自らに恥ずかしい行いはできません……」

掠れた声が途切れがちに紡がれる。

しばしの沈黙《ちんもく》が訪れ、それを破ったのはリュカだった。

「ではどうしたらレノは僕に従ってくれるんだ？」

「こ、今夜のことは、聞かなかったことにします。今からでも正しい手続きを……」

「正しい、ね。くだらない。――――もう面倒になってきたな」

不穏《ふおん》な言葉ばかり吐き出しながらも、それまでは辛うじて優しげだった声音が、一気に冷えたものへ下降《かこう》した。

レノの足元に這《は》い蹲《つくば》っていた男がビクリと身を縮こまらせる。レノ自身、足元から震えが立ち上がるのを感じた。

「――――適当に言いくるめてしまおうと思ったのに、とんでもなく強情だ。過剰《かじょう》な正義感は身を亡《ほろ》ぼすよ？　正しいとか正しくないとか、そんなものはどうだっていい。大事なのは合理性だ。僕を煩わせるものは、全て排除する」

空気が凍る。首筋に刃を当《あ》てられたかのよう。

息を吸うこともままならず、レノはただ瞠目《どうもく》した。

「世間《せけん》の鼻つまみ者一人を消すのは容易《たやす》いが、身元のしっかりした騎士団員に手を出すのは、後々騒ぎになりかねない。だから穏便《おんびん》に済ませようと思っていたのに……これ以上僕を苛つかせるなら、レノも殺してしまおうか？」

直球の脅迫に全身が強張った。

本能的な恐怖で冷汗《ひやあせ》が滲《にじ》む。見開くしかできない視界で、リュカが花開くのに似た笑みを浮かべた。

こんな時でも、美しい。

月光に照らされた姿は、そうとしか言えない。馬鹿げていると理解してなお、目を逸らせずにいる。

地上に舞い降りた神の如き男は、悪魔の微笑みで瞬時に人心を支配した。

「お、俺は死にたくねぇ！」

「煩いな。今は彼女と喋《しゃべ》っているんだ。少し黙っていてくれないか」

強盗犯にはもう興味がないと言いたげに、リュカは視線すら男に向けなかった。

眼差しはレノに据《す》えられたまま。

一歩ずつ彼が近づいてくる。その度にレノの心臓が大きく脈打ち、呼吸が乱れていった。

視界が狭まって、今にも意識を手放しそう。

それなのに何もかもがリュカに惹きつけられて抵抗できない。瞬きすら忘れ、レノは彼と見つめ合った。惚《ほう》けていたと言い換えてもいい。

やがてリュカが目の前へやってくるまで。後退ることも失念し、棒立ちになっていた理由は、自分でも説明は難しい。

蛇に睨《にら》まれた蛙《かえる》。さながらある種の諦念《ていねん》に囚《とら》われたのかもしれなかった。

「……君だって一つしかない命を、こんな男のせいで失いたくないだろう？　僕としても労力に見合わない。簡単な方程式じゃないか」

死にたくないなら口を噤めと言外に言われている。

単純な計算をすれば、レノが迷う理由はない。答えは歴然《れきぜん》。損得で言えば、考えるまでもなかった。

自分の命や今後のこと。家族だってレノからの仕送りが途絶《とだ》えれば不利益を被る。何より、娘に不幸が訪れれば、両親が悲嘆《ひたん》にくれるのは目に見えていた。

それと比べて、犯罪者であり見知らぬ他人でもある男の命運はどうだ。

ここで救いの手を差し伸べたところで、本当に立ち直れるのか。この国の再犯率は残念ながら高い。捕縛したところで後々罪を重ねるなら、手間と金を溝《どぶ》に捨てるようなもの。

一見、リュカの主張には正当性がある。無意味なことに限られた手や資金を投入するくらいなら、もっと他のことに使った方が有意義なのではないか。

――犯人にも権利はある……だったらそれ以上に尊重されるべきは被害者……？

それなのに。

「――――だとしても……っ、過《あやま》ちをみすみす見逃せません。たとえリュカ団長と対立することになっても、偽証はお断りします……！」

「自分の身が危険に晒《さら》されても？　僕なら証拠一つ残さず、全てを闇に葬《ほうむ》り去れると思わないか？」

「わ、私は騎士です。正義のために自己犠牲は厭いません……！」

本当は怖い。

今にもしゃがみ込んでしまいそうなほど膝は笑っていた。きっと彼ならば、難なくあらゆる証拠を隠滅《いんめつ》し思うがまま事を運ぶことも可能だと思う。それだけの力と才がリュカにはある。

ただ強盗犯だけではなくレノまで手にかけるとなると、色々手間が増え、成果に釣り合わないと考えているからやらないのだ。

皮肉なことに彼の言葉の端々から、その思いが汲《く》み取れた。

だがここで折れれば、レノは一生自身を許せなくなってしまう。仮に騎士として出世して、社会的に成功を収めたところで、己に恥じる人生になる。

それだけは絶対に受け入れ難かった。正義感こそ、決して捨ててはいけないレノの根幹だ。

人は話せばいつかは分かり合える。誰だって、根っこの部分は善であると、信じて疑っていなかった。

――そうよ……極度の疲労で自暴自棄《じぼうじき》になることもある。わざと強い言葉を使い、後で反省するのは私だってあることだもの。本心でないことを口にしたくなるくらい、リュカ団長はお疲れなのよ。

「リュカ団長、もし悩みがあるのなら、私に話してください。私如きでは相談相手として頼りにならないかもしれませんが、お心を打ち明けることで楽になることもあります。本当の貴方は、非情な発言をする方ではありません……！　ですから、元のリュカ団長に戻ってください」

自分に手をかけることへ躊躇いがあるなら、まだ説得の余地はある。

黒く染まり切っていない彼に語り掛けるつもりで、レノは懸命に両手を前に伸ばした。

「リュカ団長に負担をかけすぎた私たちにも非はあります。これからは貴方を支えられるよう、もっと精進いたします。ですから――」

いつもの高潔で、憧れの対象である貴方に戻ってくれ――という台詞は、最後まで言い切ることができなかった。

眼前では、俯《うつむ》き加減の男が肩を揺らしている。

常に柔らかな微笑を湛えていた彼からは想像もつかない。ついに堪えきれないといった風情で、リュカが腹を抱えて吹き出した。

「ぷは……っ、ははは、これは傑作《けっさく》だ。よもやここまで頑固な正義感の塊《かたまり》だとは思わなかった……っ」

思い切り破顔《はがん》する彼を目撃したのは、これが初めて。

思い返せばいつも微笑みを湛えてはいても、リュカの瞳はどこか冷めていた。

それが今夜は涙まで浮かべ、細められている。いったい何がそれほど面白いのか、さも愉快《ゆかい》そうに彼は身を捩《よじ》っていた。

――このやり取りのどこに笑う要素があった……？

人は、理解が及ばないものに恐怖を覚える。

レノも例外ではない。得体の知れない何かに触れてしまった気分で、戸惑《とまど》いを持て余すことしかできずに立ち尽くした。リュカが思う存分哄笑し、その声が次第に小さく尻すぼみになるまで、一歩も動けず。

「……こんなに笑ったのは、人生で初めてだよ。君はこれまで僕が出会ったことがないタイプの人間らしい。無謀で浅はかなのに、純真すぎて面白い」

絶対に褒められてはいない。それだけは分かる。

だが緊迫していた空気が僅かに緩んだのも事実だった。

先ほどまでは指先を動かすだけでも身を斬られそうな緊張感が満ちていたのに、それがほんのりと薄らいでいる。呼吸は多少楽になっていた。

「……レノは、この男を死なせたくないのか？　いずれ廻り巡《めぐ》って自分や友人、家族が危険な目に遭っても？」

「仮定の話で濁《にご》さないでください。私はリュカ団長が罪を犯すところを、絶対に見たくありません。貴方は本当に……全ての騎士たちが目指す尊敬の的なんです。私の理想そのものなんです！」

規則を破るのは、どんな理由があっても『悪』だ。一時の気の迷いで彼に道を踏み外してほしくない。

全身全霊で訴えかけ、せめて欠片でもレノの言葉が届いてくれと、神に祈った。

本気の願いなら、必ず届く。ささくれ立ったリュカを立ち返らせることは可能だと、心の底から信じていた。

彼がじっとこちらを見つめてくる。

水色の双眸から感情は窺えない。探る色が揺れるのみ。心の奥底まで覗《のぞ》かれそうで身構えたが、レノは決して目を逸らさずに見返した。

狼狽《うろた》えてはいけないと、本能が警鐘《けいしょう》を鳴らす。震える脚は、死に物狂いで踏ん張った。

「はは……っ、ふぅん。他人を興味深いと感じたのは、君が初だ。つまらない世の中でも、我慢して生きてみるものだね。――お礼に少しなら譲ってもいい。そうだな……僕に一つでも見返りがあるなら、レノの言い分を呑んでもいいよ」

「ほ、本当ですかっ？」

交換条件を出されることがそもそもおかしいのに、今のレノにはか細い希望の糸に思えた。

考える暇はない。摑まなくては簡単に途切れてしまう。そうなればもう、リュカを翻意《ほんい》させるのは不可能だと悟っていた。ならば前のめりで頷く以外、レノに選択肢はない。

「私にできることでしたら、何でもします」

給金の大半は仕送りに充てている。レノに財産と呼べるものはほとんどない。

失って困るほどの名誉も地位も持っていないのだから、自分が彼に差し出せるものはたかが知れていた。

――たぶん、今後の雑務を全部引き受けるとか、夜勤やきつい任務を割り当てられるくらいでしょう。その程度、何でもない。

それでリュカが思い直してくれるなら安いものだ。むしろ彼が蓄積《ちくせき》した疲労や心労のせいで余裕をなくしているのなら、積極的に仕事を手伝うつもりだった。

「何でも？」

「はい、私にはこの健康な身体程度しかありませんが……」

「ではそれをいただこうか」

「任せてください、体力と腕力には自信があります！」

これで最悪の事態は抜け出せた。安堵《あんど》のあまり、レノは笑顔になる。だが、直後に表情を強張らせることになった。

「……え」

リュカが嫣然《えんぜん》と微笑む。

それは見慣れた優しく穏やかなものではない。嗜虐心《しぎゃくしん》を隠そうともしない危険なもの。捕らえた獲物をどうやって甚振ろうかという愉悦に満ちていた。

「……リュカ団長……？」

「僕には結婚願望がなくてね。面倒だとしか思えない。だが自然の摂理《せつり》で欲は溜まる。でも娼館《しょうかん》通いは僕の印象にふさわしくないだろう？　せっかくここまで居心地のいい居場所を築いたのに、たかだか性欲のせいで評判に傷をつけたくないんだ」

男性騎士の多くは、有り余る性欲を発散するため休日ともなると娼館へ足を運ぶ。その行為は特別眉を顰められることではない。ただし、褒められた行いでもなかった。

早くに婚姻し家庭を持つ方が、『一人前』とみなされる。特に貴族階級出身ならば、外聞を気にするのは当然のこと。今後の縁組《えんぐみ》にも影響する。

独身であっても『遊び人』だと噂が立てば、得は一つもないのだ。

「だからと言って、特定の女性を相手にするのは煩わしくてね。一度寝ると、勘違いして『結婚しろ』と騒がれる。そんなつもりはないなんて言おうものなら『騙された』と被害者面だ。こちらとしては、勝手に裸でベッドに入ってくる方がどうかしていると思うんだが」

首に手を当てたリュカが『うんざりだ』とこぼす。

辟易《へきえき》しているのは明らかだった。おそらく何度もそういった事態に直面したに違いない。

彼を婿に迎えたい家はいくらでもあるはず。隙を見て娘を送り込むくらいのことは、陰で行われているに違いなかった。

「それは……大変でしたね」

レノは、つい同情する。モテすぎるというのも、面倒らしい。しかしこの話と先ほどまでの会話がどう繋がるのか、さっぱり不可解だった。

「――……君が僕の相手を務めてくれるなら、その男は殺さない。今後もレノの理想を演じてあげるよ」

「相手……」

オウム返しに繰り返したのは、本当にリュカの言っていることが理解できなかったから。何を求められているのか、まるで分からない。ただジリジリと焦げつく焦燥《しょうそう》が、レノの心を蝕《むしば》んでいった。

――あれ……？　今、私何の話をしているんだっけ……？

「僕の望む時に、その身体を提供してくれ。心配しなくても周囲には知られないよう配慮する。だから君は今まで通り騎士として正義を振りかざしていればいい」

「な……っ」

ようやく頭が意味を呑み込んだ。同時に激しく動揺する。

今耳にしたことが現実とは思えない。心が全力で拒否を叫ぶ。

受け入れ難い原因は、提案自体が非常識なものだからか。それとも彼の口から漏れ出た内容だと信じたくなかったためか。

唖然としていたレノはしかし、緩々と頭を左右に振った。

「む、無理です。それは流石に……」

不道徳だ。これでも未婚の乙女。故郷の田舎では、結婚まで貞操《ていそう》は守るのが常識だった。都会には奔放《ほんぽう》な女性もいるけれど、恋愛経験皆無《かいむ》のレノは、やや古い価値観を持っている。

恋人でもない相手と、身体だけの関係を結ぶなんて論外。それどころか異性とキスや手を握ったことすらないのだ。

にも拘らず一足飛びに『遊びで大人の関係になる』のは想像するのも難しい。

自分には到底務まらないし、考えると身体が戦慄いた。

「別の……、別のことでしたら何でも……っ！」

動揺しレノの視野が狭まり、強盗犯から完全に意識が逸れる。

その瞬間、近くに座り込んでいた男が最後の力を振り絞るようにして逃げ出した。

「あ……っ」

見た目よりも足首の傷は浅かったのか。もしくは死への恐怖が痛みを凌駕《りょうが》したのか。

四つん這いのまま目を疑う速度で遠ざかってゆく。

追わなければ、と頭は咄嗟に判断した。しかし混乱の極致《きょくち》にあったレノは一歩出遅れ、たたらを踏む。その間に強盗犯は転げる勢いで小さくなるではないか。

相手も命がかかっている。入り組んだ路地に逃げ込まれれば、土地勘があるだろう男に分があった。

ここで取り逃がせば、それこそリュカが警告した通りの事態を招きかねない。

――それは絶対に駄目……！

「待ちなさい……っ」

刹那、瞬きもできないレノの横を何かが通り過ぎた。

感じ取れたのは風と残像。

目で捉えられる速度ではない。「あ」と声を上げた時にはもう、剣を突き立てられた強盗犯が地べたに転がっていた。

商業柄、珍しくもない血の匂いが鼻腔《びこう》を擽《くすぐ》る。だが今夜はそれがひどく生臭く、吐き気を催す。レノはえずきそうになりつつも、よろめく足を前に押し出した。

目が回る。夜がねっとりと湿度と粘度を帯びる。吸い込んだはずの空気は体内にべったりこびりつくようだった。

――何で……どうして、こんな……

暗闇の中では、本来の色など分からない。けれど足元に流れてくる液体が赤いことを、レノはとてもよく知っていた。

男はピクリとも動かない。寸分《すんぶん》の狂いもなく、剣が急所を貫《つらぬ》いていた。

「――ああ……可哀相に。レノが自分可愛さに逡巡《しゅんじゅん》したから、犯人が死ぬことになった。

君のせいだよ？　すぐ頷けばこの男も助かったのに……」

「……え……？」

リュカが、頬を濡らす返り血を無造作《むぞうさ》に拭う。

金の髪が眩い月明かりを反射して、この上なく煌めいた。宝石めいた水色の瞳には、濁りが微塵もない。

たった今、殺人を犯した人の落ち着きとはまるで思えなかった。

白昼夢《はくちゅうむ》か悪夢か。どちらにしても悪い冗談であったなら、よかったのに。

しかし恐怖に晒されたせいか、レノの五感がいつも以上に敏感になっている。

視覚も聴覚も嗅覚も触覚も全て、ただ一つの現実を捉えていた。

何よりも本能がいやというほど鋭敏《えいびん》に『危機』を告げる。

今すぐ逃げたい。それなのに、もし全力で走ったとしても、背後から追いつかれるのは疑いようもなかった。

彼との実力差は比べるまでもない。至極あっさりと捕まる未来しか見えず、レノはリュカが剣に残った血糊《ちのり》を払う様を呆然と見守った。

――無理……私の脚じゃ、この人を振り切れない……

無数の鎖《くさり》が全身に絡みつく幻影が見える。首に。手に。足首に。片側を握っているのは彼だ。

実際には存在しない鎖に引かれ、レノはリュカの腕の中に囚われた。

「……君のせいで、あの男は死んだ。レノが殺したのも同然。僕たちはもう、共犯者だね？」

悪夢は覚める気配がなく、レノは底なし沼にどこまでも沈んでいった。

2　秘密の共有

他人の気持ちなど興味がない。

正直に言えば、どうでもいい。ただし好き勝手ふるまうと、命の危険が高まり、余計面倒な事態になったりするのだとリュカは幼少期に気がついた。

快適に生活するためには、弱々しく憐《あわ》れみを誘うか、愛想《あいそう》よく他人が望む自分を演じてやればいい。

そうすれば衣食住を確保できる。何か失態《しったい》を犯しても好意的に受け止めてもらえる。

何なら優先的に便宜《べんぎ》を図《はか》ってもらうことも可能だ。

つまりは、敵を作るよりも味方が多い方が我が身を守ることができた。

毒を盛られた場合でも、誰かが解毒剤《げどくざい》を調達《ちょうたつ》してくれたことがあったし、暗殺者に襲撃され大怪我を負った際には、秘かに医者を呼んでくれ治療を施《ほどこ》してくれたこともあった。剣術を教えてくれた者もいる。毒見役を買って出たメイドも。

リュカが並外れて賢いと知れれば、執事が図書室の鍵を都合してくれ様々な本が読み放題になった。

あくまでも、主人の目を盗んで。

哀れな境遇《きょうぐう》にありながら、健気《けなげ》で才能溢れる坊ちゃんを演じていれば、勝手にリュカに心酔し、役に立ってくれる人間が増えてゆく。

そう悟ってからは、意識的に他者を操るべく行動した。

己の盾とするために。ひいては鋭《するど》い刃を得るために。

リュカにとって、他人は役に立つか立たないかの二種類しかない。

役に立つ人間ならば、多少の不快感も我慢できる。ただし利益がないなら早々に消す。そこに罪悪感は欠片もなかった。

ずっとそうして生きてきたからだ。

かつては大げさではなく常に命の危機に晒されていた。だからこそ他者を意のままにするのは、生存戦略でしかない。

昔のリュカは栄養不足のせいで身体が小さく、体力もなかった。日々生きることに精一杯で、朝目覚めた時には『まだ生きている』とホッとしたほど。

今では自分の身を守れる実力がついたので、さらに居心地のいい場所を作り上げただけ。もはや我が身を脅《おびや》かす相手はいない。皆が期待する高潔な人物像を装《よそお》っていれば、快適に生きられる。騎士となって剣をふるうのは、少しも苦にならなかった。

人を殺めることへの忌避感など端から持ち合わせていない。むしろ煩く鬱陶しい輩《やから》を屠れるのは、『楽しい』と心躍ったほど。

自分の邪魔をする人間を斬り捨てて称賛されるなら、こんなに爽快なことはない。

だが正直にそんな気持ちを吐露《とろ》するのは得策でないことも承知していた。

戦場に立っている方が充実しているなんて、『普通』はあり得ない。本来なら『平和』や『日常』が尊《とうと》ばれる。その程度のことは、リュカも理解していたのだ。

だから殊更『善良な人間』に擬態《ぎたい》した。

誰しもが理想とし、崇《あが》める人物像を描き、望まれる通りに行動する。それさえ心掛けていれば、多少の『悪戯《いたずら》』は糊塗《こと》できる。隠蔽《いんぺい》は容易だった。容疑者がある日忽然《こつぜん》と姿を消しても、誰もリュカを疑わない。

他の者では『やりすぎ』と咎《とが》められることでも、簡単な注意で終わらせられる。

裏から手を回し、目障《めざわ》りな存在を遠ざけるのはいつものこと。

騎士団での立場に不満はなく、全ては順調だと自負していた。ようやく見つけた安寧《あんねい》の巣だ。このまま不快なものは削ぎ落し、心地よく暮らせると油断したのがいけなかったのか。

それなりの地位を築いた途端《とたん》、面倒な悩みの種が新たに芽吹いてしまった。

結婚。

特定の誰かと添い遂げて、忌《い》まわしき『家族』を作る馬鹿げた契約。

考えるだけで悍ましい。

そんなもの、リュカは一生する気がなかった。己そっくりな子どもが生まれでもしたら、とんだ喜劇だ。『父』の血を残すなんて、もっての外。『母』も黙ってはいないはず。

だが滑稽《こっけい》なことに、男の欲はままならない。

特に戦場などで命の危機に瀕《ひん》した時には如実に身体が昂った。あまりにも即物的《そくぶってき》で、我ながら嫌悪感が凄《すさ》まじい。

それでも現実なのだから、認めるしかあるまい。自分を苛む衝動が、無意味な性欲なのだと。

――繁殖する気がないのに、無駄そのものだ。合理的じゃない。いっそ切り落としてしまえばいいのか？

けれど時折沸《わ》き起こる一時の『欲』のために、自身の肉体を損《そこ》なうのは割に合わず、下手をしたら命を落としかねないではないか。

それくらいなら、排泄と割り切って発散した方が手っ取り早かった。

しかし問題はその相手。娼館を利用するのは、リュカ・グロスターの名にふさわしくない。だからと言って、婚姻に目の色を変える令嬢《れいじょう》たちは、もっとごめんだ。

どうしたものかと悩んでいる時に、現れたのがレノだった。

あまりにも丁度いい。

生まれて初めて、この出会いを授けてくれた神に感謝してやってもいいと思えた。

薄っぺらな正義感を振りかざしギャンギャンと騒がれるのには辟易したが、ある意味一本芯が通っている。餌をちらつかせても翻意しないところは気に入った。

――呆れるくらい純真な彼女は、よもや僕がわざと隙を作って犯人を逃がしたなんて、考えもしないだろうね。

本来なら手負いの人間を取り逃がす失態なんて犯さない。あれは、あえて『逃げられそう』だと強盗犯に錯覚させたのだ。

案の定、男はあさましく逃亡を図り、レノへ罪悪感を刻みつけることに成功した。

冷静に考えればあの男が死んでも彼女に非がないのは、明白だろうに。そうは思わないところが愚かで可愛い。

蒼白《そうはく》になったレノの顔には、はっきりと『私のせいだ』と書かれていた。

あのまっすぐで白い心根《こころね》を汚してやったら、どんなに面白いだろう。

人の根底には愛があると信じて疑わず、盲目的《もうもくてき》に性善説《せいぜんせつ》を掲《かか》げている。愚かで無知だ。

リュカとは全てが対極にある人間。観察してみるのも悪くないと思えた。

――以前からレノの言動が理解不能だった。だがこれを機に彼女の考え方や『より自然に人間らしくふるまう』方法を知るのも得策じゃないか？

さらなる理想の巣を築き上げるために。

退屈しのぎの玩具《おもちゃ》が手に入ったと考えれば、滅多に浮かばない『本当の笑顔』がリュカの口角を吊《つ》り上げた。

人の心を持たない獣だからこそ、『他の人間とは少し違う』レノに興味が湧く。

――あの澄んだ緑の瞳が濁ったら、どんな風になるだろう？

絶望や失望を教えたら。世界の醜さを明らかにし、自分が見ている光景を突きつけたら。

他人には絶対に見せられない酷薄さを滲ませ、リュカは一人込み上げる笑いを噛み殺した。

◇◇◇◇◇

呼び出しの合図は、宿舎近くの木の枝に結ばれた紐。

それがある時には、大木の洞《うろ》を探る。すると中には、待ち合わせの場所と時間が記されたカードが隠されていた。

——ついに……

あの狂気めいた夜から一週間。その間、リュカからレノへの接触はなかった。

もとより団長と一般の騎士、それも女性騎士が関わることは滅多にない。

それこそ任務で招集がかかった場合か、月に一度の合同訓練くらいだ。だからこの一週間は、ある意味平穏だったのかもしれない。

いつ呼び出しがあるのかと、常に戦々恐々《せんせんきょうきょう》としていたけれど。

——ずっと生きた心地がしなかった……あの夜の記憶は正直曖昧。強盗犯の遺体は、ただの喧嘩として処理された。きっとリュカ団長が手を回したのね……まさかこれまでにも同じことを……？

考えるだけで恐ろしい。

彼はそんなことができる人間ではないと、未だ叫ぶ自分がレノの中には残っていた。

このまま何事もなかったかの如く、日々は流れてゆくのでは。血に塗れた夜なんて、いっそ幻覚に違いない。この一週間はそんな願望と、『今からでも真実を告発すべきでは』との思いに揺れ惑っていた。

直属の上司に掛け合い、リュカを取り調べてもらうべきだ。

きっと正解は一つだけ。真実は何よりも強い。

だが何度も勇気を奮い立たせ、レノは上司の部屋の前まで行ったが、結局ノックすらできずに引き返した。

真相を全部話した上で信じてもらえなかったら、もう自分に打つ手はない。

こちらの立場が悪くなるだけ。しかもその可能性が著しく高い。

勿論レノが『嘘つき』と糾弾《きゅうだん》されるだけならまだいい。何よりも心を苛むのは、あの時本当に強盗犯の命を救う術《すべ》がなかったか否かだ。

――私のせいで、死んだ……

自分がすぐにリュカの提案を受け入れていれば、違う未来があったのではないか。その思いが何日経っても消えてくれない。逆に日ごと大きくなる。

己の貞操と他者の命を天秤にかけたのではないかと責めるレノ自身が巣くっていた。

寝ても覚めてもその考えがちらつく。もっと他にやりようがあったのではないか。自分が上手くリュカに語り掛けられていたなら。

あの男の死に顔が思い出される度、眩暈と吐き気がひどくなる。これでも騎士として血は見慣れているし、犯罪の被害に遭った者の遺体と向き合ったことは何度もあった。

けれど己の目の前で、それも『レノのせいで』死なれたのは初めてだ。

あれ以来すっかり食欲は失《う》せほとんど眠れてもいなかった。顔色が悪いのは隠せず、エマリーからは何度も『大丈夫？』と心配されている。

親友に悩みを打ち明けられたら、どんなによかっただろう。

しかし誰にも言えない。それこそ、口が裂けても。

――言ったところで、何が解決するの……状況が悪化するだけ。結局は一つも変わらない……

リュカの恐ろしい本性は勿論、レノの卑怯さも。

グッと胸が苦しくなる。

明るい日差しの下にいるのに、心の中は暗闇に閉ざされたまま。

手の中には、枝に結ばれていた紐とメッセージが記されたカード。

どちらも風に飛ばされてしまいそうなほど軽いのに、この上なく重い。腕が千切《ちぎ》れそうな重量を感じ、レノはだらりと手を下した。

「逃げずに来たのか」

嘲笑《ちょうしょう》の滲んだ唇は皮肉な形に歪《ゆが》んでいても美しい。

最低限の明かりしか灯っていない室内は薄暗く、静寂に満ちていた。

ここは騎士団宿舎の中でも、特別な棟だ。

指揮官だけが住むことを許される。だが役職付きの大半は家族を持っている年齢なので、別に居を構えている者が多い。

現在最上階に住んでいるのは、リュカのみ。しかも男性と女性は居住区が分けられている。

平団員で女性騎士のレノがここに出入りするには、彼の手引きがなければ不可能に近かった。

「……上司の命令には、逆らえません」

部屋の主であるリュカの髪は濡れており、滴《しずく》が垂れた。羽織《はお》ったガウンの胸元からは、見事な隆起を描く胸筋が覗いている。

湯浴《ゆあ》みをしたばかりなのは、仄かに漂う石鹸《せっけん》の香りからも確かだった。

「生真面目というか、馬鹿正直というか……痛々しくなるくらい善良だね、君は」

細められた瞳は嘲笑を孕んでいた。もうレノの前で取り繕《つくろ》う気は一切ないのか、声音にも柔らかさは感じられない。平板《へいばん》で辛辣《しんらつ》。

理想を演じることを放棄《ほうき》したリュカは、冷ややかな空気を放っている。迂闊に近づけばズタズタにされそう。もしくは凍死してしまう。

ただ、ワインを注ぐ手つきはとても優美で洗練されている。育ちの良さは、平民のレノからも存分に見て取れた。

「どうぞ」

差し出されたグラスを受け取る手は小刻みに震えている。本音を言えば、酒なんて飲んでいる気分ではない。

レノは今夜、もう一度彼を説得しようと心に決め、決死の覚悟でリュカの呼び出しに応じたのだ。

「……リュカ団長……お願いします。今ならまだやり直せます」

「いったい何の話かな？」

優雅な所作《しょさ》でワインを呷った彼は、横目でレノに視線を寄越した。

この一場面だけを切り取れば、見惚れても仕方ないくらいの麗しさだ。たとえ彼に憧れていなくても、目を奪われるに決まっている。

しかしレノはギュッと腹に力を入れ、戦慄く膝を踏ん張った。

「……こういうことは、やめてください」

「こう、とは？　そもそも僕はメッセージを木の洞に忍《しの》ばせただけで、従うと決めたのはレノだよ。君は全部放り出して逃げてもよかったし、または誰かに訴えることもできたはずだ。――そうしなかったのは何故だ？」

痛いところを突かれて、息が乱れる。

自分の醜さが抉《えぐ》り出される錯覚がし、冷たい汗が背中を伝い落ちた。

「あの男も可哀相だね。助かるかもしれないと希望を持たせ、直前で君は掌《てのひら》を返した。これでは自暴自棄になって逃げたくもなる。手負いの犯罪者は何をするか分かったものじゃない。僕としては絶対に取り逃がすわけにはいかず、思わず止《とど》めを刺してしまった」

空になったグラスをサイドテーブルに置き、リュカがこちらに近づいてくる。

ほんの数歩。歩幅が広い彼が接近してくるのに、時間はまるでかからない。その間、レノは身じろぎ一つできず固まっていた。

「僕があの男を殺めてしまったのは、レノのせいだよ」

詭弁《きべん》だ。

正論を叫ぶ声はあまりにも小さい。

頭では理解していても、心が追いついてこないせいで、後悔と罪悪感が綯《な》い交ぜになる。

真っ赤な光景が明滅し、一瞬で命を絶たれた男の顔がレノを責めているように感じられた。

床に落とした視線がさまよう。どこにも焦点が合わない。

動揺し心音が煩く高鳴った。

「私……は……っ」

「飲まないのか？　だったらこれは置いておこう」

グラスに注がれた液体がこぼれそうなほど手の震えが止まらない。

やんわりとグラスを取られても、レノの両手は戦慄いたまま。その指先に触れられ、弾《はじ》けるように顔を上げた。

「僕らは共犯者だ。あの夜のことは二人だけの秘密。そうすればこの先も君は騎士団で己の理想を追い求めればいいし、僕は王都の治安を守るために奮闘する。勿論、レノを含めた皆の望む僕を演じてあげるよ」

全てはこれまで通り。レノの希望そのものの未来は、自分が黙ってさえいれば訪れる。

しかし裏返せば、真実を詳《つまび》らかにして得られるものは何もないという現実だった。

もし告発すれば自身の気は晴れるかもしれない。だがそれで終わりだ。

レノか、リュカのどちらかは『これまで通り』とはいかないだろう。

前者であれば家族が困窮《こんきゅう》する。そして汚名《おめい》を着て天職を諦めることになる。

後者であれば、確実に騎士団そのものの質が落ちるに決まっていた。それはひいては国全体の損失だ。

だとしたら、何が正義なのか。本当に分からなくなる。

呆然としたレノは、彼の手が頬に触れてきても振り払うことすらできなかった。

「契約成立だ。僕も無理やりはあまり好きじゃないから、君が納得してくれて安心したよ」

「や……っ」

納得なんてしていない。けれど抵抗は随分弱々しいものだった。

腕を引く力に抗えず、されるがまま寝室へ連れて行かれる。

男性の部屋に入ったことなどないレノは、か細く喉を鳴らした。

「――髪がまだ少し濡れている。入浴を済ませてくるなんて、君は律儀《りちぎ》だな」

「こ、これは訓練で汗を沢山かいたから……っ」

レノの首筋に鼻を埋めたリュカが小声で囁き、唇が肌を掠めて、こそばゆい。

別に準備を整えたつもりはないと抗議したいのに、レノの声は無様《ぶざま》に掠れた。

本当に、今この瞬間だって説得は諦めておらず、『その気』でこの部屋に足を運んだわけではない。けれど事実だけを見れば、レノの意図など無意味だった。

どう考えても、湯上がりの女が深夜に男の部屋を訪れる目的は、たった一つだ。指定された時間ピッタリにいそいそやって来たと思われてもしょうがない。

うなじをなぞられ肌が粟立つ。

初めての感覚に混乱し、レノは反射的に肩を竦めた。

「予想よりも初心《うぶ》みたいだ」

「あ、あの……っ、私やっぱり……！」

自分でも言動がちぐはぐだと自覚している。今も何を言えばいいのか分からない。

逃げたいのか、逃げたくないのか。それとも逃げられないのか。全てが曖昧で判然《はんぜん》としなかった。

だが状況もリュカも待ってくれない。

レノの狼狽を気にも留めず、気づけばベッドに押し倒されていた。

彼の香りが濃厚になる。それが不快でないことがレノの混乱に拍車をかけた。

見上げた視界にはリュカが完璧な美しさで笑っている。本気で楽しげなのがとても信じられない。――いや、信じたくなかった。

「……っ、待って、待ってください。話し合えば、必ず人は分かり合えます……！」

「以前から思っていたが、君はこの世界の善性を信じているみたいだね」

「……？　それは、当たり前ではありませんか。根っこからの悪人はいないと思います」

生まれ落ちた時には、誰もが無垢《むく》だ。

その後歪んでしまうことがあっても、きっかけさえあれば正しい道へ戻ることは不可能ではない。だからこそ、誰にでも更生の機会は与えられるべきだった。

少なくともレノはそう教えられたし、自分自身でもそう信じている。

「――なるほど。だったら僕をまともにすることも君ならできるかな？」

「……え」

「レノの言い分を信じるなら、僕だって本来は善人であるということになる。君の力で、取り戻させてくれ」

思いもよらない提案に、レノは目を見開いた。

だがすぐに希望が胸に灯る。

――そうよ……まだ本当のリュカ団長を取り戻す術はあるんじゃないの？　この方が今歪んでしまったとしても、根幹は素晴らしい人に決まっているもの……！

彼を見返せば、男の瞳の奥に助けを求める光がある気がした。ひょっとしたらリュカ自身、戸惑っているのかもしれない。自分でもどうすればいいのか分からず、自棄《やけ》になって破滅的な行動をしているとしたら。

――私にできることがある……？

か細い期待がレノの内側に芽吹く。彼を救いたいと本心から願った。

幸運にも優しい人に囲まれて生きてきたために、レノは悪人と狂人は別物だと知らない。この世は善意が満ちており、努力次第で他者を救えるのだと――傲慢《ごうまん》に盲信《もうしん》していた。

「私……リュカ団長のお役に立てますか……？」

「ああ。――勿論」

彼が妖艶《ようえん》に唇で弧を描く。

整いすぎた容貌がゆっくりと近づいてきて、やがて互いの唇同士が重なった。

口づけ自体初めてのレノは、ビクリと身を強張らせる。だが舌先で擽《くすぐ》られ、全身の力が抜けていった。注がれる他者の熱に色々なものが溶けてゆく。強張りも。拒否感も。常識さえ。

――私、どうしてリュカ団長とキスをしているの……？

頭の中がぼんやり霞《かす》んで、思考が纏まらない。この選択が正しいのか間違っているのかも、口づけの心地よさに紛れていった。

ただ身体の一部が接触しただけ。それなのに、何故こんなにも陶然《とうぜん》とするのだろう。指先で耳朶《みみたぶ》を弄《いじ》られると、一層頭に靄《もや》がかかった。

初めてのキスで呼吸が苦しくなり、必死に酸素を求めて息を継ぐ。すると開いた唇の狭間から彼の舌が侵入してきた。

「……っん……」

柔らかくて肉厚な器官が縦横無尽《じゅうおうむじん》にレノの口内を嘗《な》め回す。

見知らぬ感覚に、本来なら嫌悪感を抱いても不思議はなかった。けれど嫌と思う間もなく、官能《かんのう》を引き摺《ず》り出される。

脇腹《わきばら》を撫でられるとゾクゾクして、意識の混濁《こんだく》が増す。

彼を押しのけなくてはと理性が助言しても、身体が意のままにならない。ほぼ虚脱《きょだつ》した手は、リュカのガウンを摑むので精一杯だった。

「……や……駄目、です」

拒む台詞が中身を伴《ともな》っていないことに、自分でも勘づいている。それでも流されてはいけないと、なけなしの理性を掻き集めた。

ここで一線を越えてしまえば、引き返せない。さらなる泥沼に沈むだけ。

人に言えない隠し事を抱え、身動きが取れなくなるのが必至だった。

――私は『間違ったこと』をしたくないのに……！

だがあの夜以来善悪が曖昧に滲んでいる。以前は両極《りょうきょく》にあって境目がはっきりしていたのに、今ではグラデーションでしかなかった。

信じてまっすぐ歩んできた道が、いつの間にか望まぬ茨《いばら》の園《その》に繋がっていたよう。分け入ったことに気がついて後ろを振り返ろうにも、棘《とげ》と蔦《つた》が絡んで動けない。足掻くほどレノの身体に食い込み、立ち止まった足はもう前にも後ろにも出せなかった。

「……その表情、堪らないな」

頬を染めた彼の顔は、初めて目にする表情。完璧な笑顔より人間味が感じられるのが不思議だ。おそらくは、こちらが素《す》。

はだけたガウンの隙間から鍛え上げられた男の肢体《したい》が垣間《かいま》見え、レノの心臓が激しく脈打った。

咄嗟に見てはいけないと顔を背けたが、その隙に手を取られてしまう。しかもその手が導《みちび》かれた先は、リュカの剝き出しにされた胸板《むないた》だった。

「……きゃっ」

女性よりも硬い肌と、盛り上がった筋肉。肌の質感は滑《なめ》らかで、掌から伝わる体温が生々しい。

どうすればいいのか分からず動揺するレノは、呆然として見守ることしかできなかった。自分の手がもっと大きな彼の手に押さえられ、リュカの身体を弄っている。横にずらされれば肩幅の広さが感じられ、下へ移動されれば腹の隆起を辿《たど》ることとなった。

どれも女が身に着けるのは難しいもの。男性であっても、全ての人が手に入れられる肉体ではない。戦うために作り上げられた肢体は、同時に芸術的でもあった。

「掌が汗ばんでいる。――そんなに僕に触ってみたかった？」

「な……っ」

彼に対してふしだらな感情を抱いたことは一度もなかった。いつだって純粋な憧れの範疇を出ないもので、間違っても性的な目でリュカを見たことはない。

それは断言できる。にも拘らず、いきなりの揶揄《やゆ》する言葉に冷静な対処は不可能だった。羞恥でレノの顔が真っ赤に染まる。頭が茹《うだ》り、ただでさえ役立たずの脳が余計に稼働しなくなる。慌てふためいていると、彼が意地の悪い笑みを浮かべた。

「見ていて飽きない。しばらくは楽しめそうだ」

「あ……っ」

鎖骨《さこつ》付近に吸いつかれ、痛みが走った。自分が何をされているのか理解できないうちに、刹那の痛みが点々と散らされる。首や胸の谷間にも。

リュカの吐息《といき》が肌を炙《あぶ》り、そこでやっとレノは自分の服が乱されていることに思い至った。

シャツの胸元は大きく開かれ、下着が丸見えになっている。腹回りの圧迫感がないのは、既にズボンの留め具が外されているせいだろう。

あまりの早業に愕然とする。

だが二の腕の内側に新たな痛みを刻まれ、慌てて頭を起こした。

「これは……っ？」

赤い痣がいくつも残されている。どうやら強く吸われたため、内出血したに違いない。

——じゃあ、首にも……？　団服を着たら、見えてしまう……！

交際経験はなく男女間の知識に乏しくても、レノはこれが何を意味するかくらいは知っていた。

時折、エマリーがぶつくさ文句を言いながら蒸しタオルを当てていたからだ。あまり他人に見せるものではない秘め事。特別な関係にある二人の戯《たわむ》れ。

だからこそ仮に気づいても、指摘しないのが大人の礼儀。

卑猥《ひわい》な証を刻印《こくいん》されたのだと悟り、血の気が引いた。

「駄目……っ」

「じゃあこれ以上は勘弁してあげよう。代わりに自分で脱いでごらん」

交換条件が吊り合っているとは到底思えない。全てはリュカにのみ都合がいい。

けれどレノに選択権はなかった。この場で誰が強者かは歴然。動揺が欠片も収まらないレノでは、反論することも叶わなかった。

短く呼吸して、叫ばずにいるのが今できる全て。何も考えられないし、勝手に行動するのが怖い。何か下手に動けば、より事態が悪化してしまうことを恐れていた。

あの夜のように。

良かれと選んだ先に、最悪の結末が待っていたらどうしよう。

そう思うと、身動きができなくなる。息を潜め強いものに従いたくなるのは、生き物の本能だ。まして判断力の鈍《にぶ》っている時にはなおさらだった。

抱き起され、ベッドの上で彼と向き合って座る体勢になる。視線の圧だけで命じられ、レノは操られるように残ったシャツのボタンを自ら外していった。

指先が震える。たったこれだけのことがとても難しい。

全てのボタンを外し終える頃には、重苦しい疲労感に襲われていた。だが当然これで終わりではない。

シャツから腕を抜き、剝き出しになった肩を空気が舐める。

レノが眼差しでこれ以上は無理だと訴えても、酷薄な笑みで跳ね返された。

「着たままだと汚れてしまうよ？　皺《しわ》だらけで淫《みだ》らな液体に濡れた服で帰りたいなら、僕はそれでも構わないけど」

完全に支配されている。

言葉一つで踊らされ、抗う気持ちは萎《な》えていった。

しかもレノが顔を歪めれば、リュカの双眸では昏《くら》い焰《ほのお》が火力を増した。

全てを焼き尽くしそうな高温の熱。地獄の業火《ごうか》はきっとこういうものだと思わずにはいられない。恐ろしいのにどこか魅力的で、近づくほどに魅入られる。

ひくりと喉を震わせたレノは、ゆっくり下着を取り去った。

上半身を隠してくれるものはもう何もない。

小ぶりな乳房《ちぶさ》へ、苛烈《かれつ》な視線が注がれているのを感じる。今どこを見られているのかが分かるほどの鮮烈な眼差しに、悲鳴を上げなかった自分を褒めてやりたい。

しかし無慈悲《むじひ》な支配者は軽く手を振っただけで先を促《うなが》してきた。

下半身は未だズボンを穿《は》いている。それを脱げと言いたいのだろう。だが羞恥心《しゅうちしん》が邪魔をして従順にはなり切れない。異性の前で裸を晒したことはなく、強い抵抗感がレノを押し留めていた。

「……ひょっとして強引に破られたい？」

「ち、違います……っ」

そんな事態に陥《おちい》れば、自分の部屋に戻れなくなる。さりとてここにずっといるわけにはいかない。

このまま彼が何もせず自分を解放してくれる見込みはなく、だとしたら躊躇っても時間稼ぎにしかならなかった。

――夜が明ければ『いつも通り』の一日が始まる。私が任務に現れなければ、エマリーが心配して探すに決まっている……それに指揮官の宿舎を掃除するのは、一年目の騎士の仕事だもの。もたもたしていたら、私がここにいるのを誰かに見られてしまうかもしれない……！

ゾッとする考えで、覚悟は決まった。

一番守りたいもののため、ズボンを足から引き抜く。残るは大事な部分を隠す心許《こころもと》ない一枚のみ。

腹の奥が妙に疼《うず》き、レノは腰を浮かせた。

脱衣する過程をつぶさに見守られるのは、とんでもない羞恥心を煽《あお》る。当然リュカは分かっていて命じたのだ。事実、レノの矜持《きょうじ》は折られている。

冷静に考える力は失われ、鈍麻《どんま》した判断力では言いなりになる方が楽であり正しいと錯覚していた。同時にひりつきが体内に生じる。

太腿《ふともも》を薄布《うすぬの》が滑ってゆく。

いつもなら何の躊躇もなく脱げるはずのものが、どうにも上手くいかない。

一糸《いっし》纏わぬ姿になるまでにかかった時間は相当なものだった。

「これまで、素肌に触れた者は？」

「い、いません」

「へぇ……もったいないな。こんなに綺麗なのに」

「……ぇ」

美しさそのもののリュカに褒められ、レノは驚いた。

まさかそんな言葉を言ってもらえるとは夢にも思っていなかったのだ。

筋肉質で女性らしい丸みに欠け、日に焼けた傷だらけの身体。お世辞《せじ》にも綺麗などではない。胸も尻も乏しく、世間一般的に求められる女の魅力からはかけ離れている。

あえて長所を挙げるとすれば、健康であることとくびれた腰くらいか。ただし全体的に無駄な肉がついていないため、メリハリがあるとは言えなかった。

――女性騎士に向いている頑丈さだと褒められたことはあるけど……

しばし唖然とし、レノは自分の腕で身体を隠すことも忘れた。

「……んっ」

その隙に首筋を甘噛みされ、押し倒される。

再び彼を見上げる形になり、クラクラした。先刻までと違うのは、密着する肌が何物にも遮られていないこと。ガウンを放り捨てたリュカも、裸体を惜しげもなく晒していた。

団服の上からでも分かってはいたが、実際目にすると造形の美しさに息を呑まずにいられない。

あまりにも完璧。惜しい場所が欠片もない。引き締まった胴も、実用的な筋肉も、手足の長さも。顔立ちは勿論、爪まで麗しいとはどういうことだ。何もかもが理想の形だった。

――どんなに優秀な騎士でも、それなりに傷は負っている。痕が残ることは珍しくない。だけどこの方は、戦場の最前線で戦い抜いても斬られたことがないというのは、本当だったんだ……

圧倒的実力差で敵を捻じ伏せ、国を勝利に導いてきた証。

だからこそ誰もがリュカに期待し羨望の眼差しを向ける。

レノの中で遠退いていた憧れと尊敬がよみがえり、こういう人になりたいと強く願わずにはいられなかった。

――いっそ私の憧憬《しょうけい》を粉々に砕いてくだされればよかったのに……

自分がもう、何を思えばいいのかも見失った。

顎先《あごさき》を齧《かじ》られて直後にねっとり舐められる。

痛いのか擽ったいのかも不明瞭になり、あらゆる境目が曖昧に滲んだ。

考えるのが億劫《おっくう》で、このまま身を任せたい衝動に駆られる。今夜の空気に酔ってしまったのかもしれない。ワインは口にしていないが、芳醇《ほうじゅん》な臭いは鼻の奥に残っていた。

「ぁ……っ」

彼の手にレノの胸がすっぽり収まり、柔らかく形を変える。頂《いただき》が擦《こす》られて、得も言われぬ愉悦になった。

むず痒いだけとは違う、ゾワゾワした感覚。意識したことのない体内が、甘く痺《しび》れる。

その不可解な何かを逃がしたくて膝を擦り合わせずにはいられない。じっとしていると、余計に妙な声が漏れてしまいそうだった。

レノが唇を引き結んでいると、頬やこめかみにキスが降ってくる。合間に舌先で刺激され目尻に滲んだ涙を吸い取られた。

「声は我慢しなくても誰にも聞かれやしない。それとも――階下に響くくらい大声を出す予定か？」

「ち、違います……っ」

本音では何も発したくない。だが勝手にいやらしい吐息が溢れるから厄介だった。

思い切り口を閉じていないと、おかしなことを口走りかねない自分がいる。そうでなくても、艶めいた悲鳴がこぼれそうで恐ろしかった。

何一つ自分の思い通りにならず、混乱する。故にせめて、一切声を出すまいとしたのだ。

「無駄な足掻きを」

悪辣《あくらつ》な笑みをのせたリュカの唇が下りてくる。その行き先を見守っていたレノは、己の乳嘴《にゅうし》を口に含まれ愕然とした。

「や……っ」

熱い口内で胸の飾りが転がされる。そこはたちまち硬くなり、より敏感になっていった。

「やめてください……っ、ぁ、んっ」

もう片方の先端《せんたん》は指で摘《つま》まれ、摩擦《まさつ》される。異なる二つの刺激が気持ちいい。何かが溶け出す感覚が足の付け根にあった。

――どうして……こんなことは間違っている。

心は果敢《かかん》にも抗うことを忘れない。しかし身体が連動してくれず、四肢《しし》がヒクつく。指先が思うように動かせず、淫靡《いんび》に強張るだけだった。

　飴玉のように乳首を舐られ、恥ずかしいのに喜悦《きえつ》に溺《おぼ》れる。

　その背徳感《はいとくかん》すら悦楽《えつらく》の糧になるのが、レノにも分かった。さらにその後ろめたさが一層恍惚《こうこつ》を掻き立てる悪循環。

　レノが身をくねらせても一向に解放されず、甘い責め苦はしばらく続いた。

「ぁ、あ……ッ」

「君は感じやすいね。嬉しい誤算《ごさん》だ。本当にいい拾い物をしたよ」

「私は落とし物じゃ……っ、ゃ、ああっ」

　強めに乳首を吸われて、痛みと快楽の狭間で背がしなった。

　汗ばんだ肌は火照《ほて》っている。どこもかしこも発熱し、火を噴かないのが不思議なほど。

　せっかく汗を流してきたのに、もはやレノの全身はしっとりと濡れていた。

「控えめに鳴かれると、そそられる。どうしたら我を忘れて善《よ》がってくれるか、試したくなるな」

「ぁ……ああッ」

　恐ろしいことを言われた気がする。しかし確認する余裕はなかった。

　レノの乳房を揉んでいたリュカの手が、薄い腹を通過して下へ移動する。内腿《うちもも》へ指先を忍ばせられると、レノは反射的に足を閉じようとした。

けれど逆に左右へ大きく開かれてしまう。それどころか彼が間に陣取ったせいで、膝を合わせられなくなる。焦げつく眼差しが、秘めるべき場所に集中していた。

「み、見ないでください……っ」

「そんなお願いができる立場だと？」

嘲笑交じりに告げられて、レノの瞳に涙が滲んだ。暴れようにも、がっしりと押さえられていては不可能だ。力の差がありすぎて、精々身を捩るだけ。

レノは女性の中では力自慢でも、リュカの足元にも及ばない。いとも容易く両手首を頭上に張りつけられ拘束される。しかも彼の片手で。

「やぁ……っ」

じっとりと視姦《しかん》されているのが感じ取れる。今見られているのは、開いた足の付け根。頭髪と同じ赤みの強い毛を梳《と》かれ、レノは腹を波立たせた。

「ふぅん。鮮やかな色だ」

「リュカ団長……っ」

「花の色に似ている。ほら、綺麗だな」

「ひ……っ」

彼の指先で蜜口《みつぐち》を開かれ、レノは下生《したば》えの話ではないとやっと悟った。色について言及されたのは、女の部分だ。

誰にも見せたことのない場所を、丹念《たんねん》に見分《けんぶん》されている。

通常ピッタリと閉じている花弁《かべん》を開かれ、その奥まで。

「いや……っ」

目尻に溜まっていた涙が溢れ、幾筋《いくすじ》も頬を濡らした。

羞恥で死ねる。もうやめてと叫びたくても、声が掠れて言葉にならなかった。

リュカの指が泥濘《でいねい》に沈められ、内壁を探られる。何物も受け入れたことのない淫路《いんろ》はひどく狭い。すぐに異物を排除しようと蠢《うごめ》いた。

「……いっ」

「流石にこれだけ狭いと、僕が入れないな。仕方ない」

「ちょ……っ」

両脚を屈曲《くっきょく》させられ、大きく開かれる。リュカが身体を下へ移動させ、彼の肩にレノの脚がかけられる体勢になった。

「な……っ」

この状態では、一番隠しておきたい秘部《ひぶ》が至近距離から丸見えだ。限界を超えた恥ずかしさで、頭が破裂しかねない。

けれど彼の頑健な腕に押さえられ、淫らな姿勢を維持するより他になく、レノが頭を起こそうにも、下半身を軽く持ち上げられていては、不可能だった。

――まさか……

陰唇《いんしん》が淫靡にヒクつく。リュカが赤い舌で意味深に自らの唇を舐めた。

この年になれば、経験はなくても知識はある。何せ奔放なエマリーが友人なのだ。

レノは何をされるのか悟り、もがかずにはいられない。いくら身体を清めた後でも無理だ。絶対に許容できないと思った。

「僕はあまりこの行為が好きじゃないが、効率を考えれば一番手っ取り早い」

「い、嫌ならやめてください……！」

「痛がる女に突っ込む趣味はないんでね。どうせならお互いに楽しんだ方がいいじゃないか。目的のために手間をかけるのは、嫌いじゃない。それに不思議と、レノにするのは悪くないと思っている」

「や……っ」

こんな辱《はずかし》めを受けるくらいなら、痛みに耐えた方がずっとマシだ。身体を酷使《こくし》することには耐性がある。だがレノは、快楽に対しては赤子同然だった。

「んぁ……っ」

生温かく弾力のある舌に、隠れていた淫芽《いんが》を探り当てられ啜《すす》り上げられた。さらに舌先で弾かれ、押し潰される。

乳房を弄られた時とは比べ物にならない喜悦に、頭が真っ白になった。

「……ぁ、ああ……ぁァッ」

爪先が丸まって、シーツをたわませる。ビクッと腿が強張り、意図せず弱点を曝《さら》け出してしまった。

どこをどうされると冷静でいられないのか。強い快楽で悶《もだ》えずにはいられないのか。一つ一つ暴かれてゆく。

性的なことに疎かったレノは、巧みに花芯《かしん》を愛撫《あいぶ》され、途切れ途切れの嬌声《きょうせい》を漏らした。自分の口からこんなにも淫蕩《いんとう》な声が出ているなんて信じられない。発情期の獣のようで、到底認めたくなかった。場末の娼婦だって、これほど甘い声で鳴かないのでは。

媚《こ》びるように喉を震わせ、切なく喘ぐ。閉じるべき膝はすっかり力を失い、代わりに腰が敷布から浮き上がる。さも、『もっと』と強請《ねだ》るかの如く。

潤んだ瞳を瞬けば、否定したい現実が繰り広げられていた。

レノの股座《またぐら》に顔を埋めたリュカが、赤い舌をひらめかせている。唾液をたっぷりと纏っ

たそれが、レノの肉芽《にくが》を捏《こ》ねていた。

そこはすっかり慎《つつ》ましさをなくし、通常ならあり得ないほど大きく膨らみ赤らんでいる。全ての快楽を享受《きょうじゅ》しようとでも言いたげに、いやらしく濡れ光っていた。

「や……ぁ、あんっ、ぁ、あああッ」

舌全体で摩擦され、根元を彼の唇で圧迫され、強めに吸い上げられる。

痛みを覚えないギリギリを攻められ、レノは髪を振り乱して涙を散らした。

「あ……あ……ひ、ぁあんッ」

胸に蟠《わだかま》る懊悩《おうのう》は、圧倒的な快感に押し流された。

彼の親指でも陰核《いんかく》を嬲《なぶ》られ、法悦《ほうえつ》が一気に高まる。

破裂しそうな何かがせり上がり、レノはつい息を止めた。

「んんん……っ」

このままではふしだらな声が出てしまう。望んだ行為でもないのに、感じてしまうなんて最悪だ。しかもこれより先の世界は知りたくなかった。

もし味わってしまえば、きっと戻れない。駄目だと理解しても、虜になってしまう恐れがあった。そんな予感がレノにひしひしと迫る。

禁断の果実めいた官能が体内で荒ぶり、今にも外へ飛び出しそう。けれど、呼吸を止めたのは得策ではなかった。

「……っ」

無理に堪えようとしたせいで、淫楽《いんらく》が勢いを増す。より力をつけ、レノの内側でとぐろを巻いた。

「……っく……うぅッ」

生温《なまぬる》い滴が下肢《かし》を濡らしている。ぐちゅぐちゅと水音が奏でられ、今や二本の指で体内を掻き回されていた。

狭隘《きょうあい》な道は先ほどよりも緩んだのか、リュカの指を大喜びでしゃぶっている。

違和感は消えなくても、それを上回る愉悦があった。

自分でも触れたことのない肉襞を摩《さす》られ、何故こんなにも気持ちがいいのか。

花蕾《からい》に軽く歯を立てられた瞬間、レノは全身を戦慄かせた。

「あ……っ、ぁあああッ」

視界が爆《は》ぜる。強く閉じていたはずの唇は、あっさりと陥落した。尾を引く艶声《えんせい》を迸《ほとばし》らせ、口の端からはだらしなく唾液が漏れる。

淫猥《いんわい》に咲き誇った花弁はしとどに濡れていた。蜜口が物欲しげにヒクついている。

痙攣《けいれん》した手足が弛緩《しかん》し、力なくベッドに投げ出されれば、レノは半ば呆然と天井を見上げていた。

――今のは、何……？

全身は汗に塗《まみ》れ、呼吸が整わない。きつい鍛錬の直後のように転がることしかできなかった。

酸素を求める胸は、激しく上下している。ささやかな膨らみの裾野《すその》には、いつつけられたのか赤い痕が複数刻まれていた。

「蕩《とろ》けた顔をしている」

滲む視界に興奮した面持ちの彼が映り、心音が一層激しさを増した理由は分からない。

これで終わりではないと怯えたから。それとも初めて味わう官能に期待が膨らんだから。

判断できるだけの余力が、レノには残されていなかった。

「君は素直で裏表がなくていいな。駆け引きの必要もない。気に入ったよ」

「あ……っ」

媚肉《びにく》に硬いものが押し当てられる。本能的に腰を引こうとしたが、叶わなかった。むしろ強く引き寄せられて、固定される。

びしょ濡れの局部《きょくぶ》へ密着しているものが何であるのか、今のレノには見て確かめる勇気はなかった。先端だけでも、予測していたよりずっと大きくて太いと感じ取れたためだ。

「……そのまま力を抜いていて」

「……っ」

指や舌とは全く違うものが、レノの内側に入ってくる。

到底大きさが合わない何かに、身体の中央を引き裂かれるよう。

痛みにレノが奥歯を噛み締めれば、リュカの指先が花芽《かが》に触れた。

「……あっ」

苦痛と恐れで強張っていた全身が、僅かに緩む。そこは、最も敏感な場所。先ほどまでの快楽の余韻《よいん》がまだ残っていた。

「んぅ……っ」

クリクリと秘豆《ひとう》を捏ねられ、根元から扱《しご》かれる。表面を叩《たた》かれたと思えば、再び摩擦された。それらのどの動きも心地よく着実に喜悦が生まれる。

蜜道《みつどう》の奥から新たな体液が滲み出て、滑りを借りた彼の屹立《きつりつ》の動きが激しくなった。

「そんな……っ、動かさないでぇ……っ」

熟れた膣壁《ちつへき》を摩られ、狭隘な道を広げられる。苦しかった行為は次第に別の熱を帯《お》び始めた。

未熟な蜜窟《みっくつ》が解《ほぐ》れ、不随意《ふずいい》に騒《ざわ》めき出す。うねる襞を中から捏ねられると、得も言われぬ法悦に変わった。

それだけでなく花芯を丹念に転がされ、痛みと悦楽が拮抗《きっこう》する。人は苦痛より快感に弱い。

燻《くすぶ》り続ける愉悦に翻弄されたレノは、いつしか呻くよりも艶めいた吐息をこぼしていた。

「……っ、ひ、ぁ、ああ……っ、あぅっ」

「ああ、よかった。僕らの相性は悪くないみたいだ。こちらばかりよくては、申し訳ないからね。君も気に入ってくれたなら、その方がいい」

「あ……っ、そんなんじゃ……ひ、ぁああッ」

大きく腰を揺すられ、脳天へ恍惚が突き抜けた。

これまで感じたことのない官能が、末端まで走ってゆく。互いの局部が重なり、隙間はない。リュカの肉槍《にくやり》は、完全にレノの中に収まっていた。

「あ……あ……嘘……」

腹の中、信じられない奥まで、彼の剛直《ごうちょく》が到達しているのが感じられる。内臓を突き破らないのが不思議なほど。自分の身体の内側に、これほどの空間があったなんて知らなかった。

「全部呑み込めたね」

この場にそぐわない優しげな口調は、まるでレノを褒めているかのようだ。細められた眼差しも冷酷なのに甘い。

目尻を染めた赤い色味だけが、彼の本心を垣間見せていた。

舌なめずりせんばかりにリュカの双眸がレノを凝視《ぎょうし》している。下腹を撫でてくる手つきには、非情さは微塵もない。

だが一度ゆるりと動き始めれば、容赦《ようしゃ》がなかった。

「あ……ッ、んぁっ、ゃ……待って……っ！」

突然始まった律動《りつどう》に全身が揺さぶられる。視界は上下に乱れ、下手に喋れば舌を噛んでしまいそう。縋るものを求め、レノは必死に彼の背中へ手を回した。

「へぇ。こうやってしがみつかれるのも、存外楽しい。不快な人間が相手でないなら、素肌がくっつくのも許容できるな」

リュカの独り言はほぼ聞き取れなかった。

蜜洞《みつどう》を穿《うが》たれ、それどころではない。痛みと喜悦がごちゃ混ぜになって、レノを襲う。繰り返される打擲《ちょうちゃく》で、室内が淫靡な色に染まった。

「……ひぃ……っ、激し……っ」

汗が飛び散り、ベッドが軋《きし》む。こんなに物音を立てては、階下に気づかれてしまうのではないか。万が一他人に知られたらと想像し、レノはブルリと身を震わせた。

「……っ、中が締まった。何を考えている？」

束《つか》の間動きを止めた彼が、真上からレノを見下ろしてきた。眼差しには、『よそ見をするな』と滲んでいる。獣に食らわれる錯覚を覚え、レノの淫路が収縮した。

「この程度じゃ不満だと言いたいのかな？　もっと激しくされたい？　ひょっとして、被虐《ひぎゃく》の趣味がある？」

「被虐……？」

聞きなれない言葉に首を傾げた。数秒後、如何《いか》にも嗜虐的なリュカの表情で、ようやく言われている意味を察する。とんでもないと、レノが慌てふためいたのは当然だった。

「誤解です……！」

「そうかな。結構才能がありそうだ」

「いや……っ」

懸命に否定の言葉を探すレノは抱き起され、背中がシーツから引き剝がされた。

そのまま彼と向き合って座る形になる。昂ぶりは深々と突き刺さったまま。

レノの自重《じじゅう》のせいで、さらに深く鋭く串刺《くしざ》しにされた。

「かは……っ」

「本当に相性が最高だ。僕を全部受け入れられたのは、レノが初めてだよ。それに、腰も頭も蕩けそうなほど気持ちがいい。これも、初めての経験だ」

感嘆の息を漏らしたリュカがレノの背筋を撫でおろしてくる。背骨を辿る動きは、卑猥さを纏わせていた。それでいて、壊れ物に触れる繊細さも持ち合わせているから厄介だ。間違いなくそんなはずはないのに、大事にされていると勘違いしたくなる。

リュカが己の欲望を優先させず、レノの快楽を引き出すのも狡《ずる》い。

背中を下まで滑り降りた彼の手は、健気にリュカを頬張るレノの蜜口へ触れてきた。

「目いっぱい広がっている」

「やだ……っ」

縁《ふち》をなぞられると、長大なものを呑み込んでいる生々しさがより際立つ。

腰を浮かして逃げようにも、レノの両脚にはもはや力が入らなかった。膝立ちになることすら難しい。どっしりと座り込み、内側から食らわれている。

動かなくても咀嚼するように、己の内部が収斂《しゅうれん》するのが伝わってきた。

「やぁ……っ」

「物覚えがいいな。もう、僕の形に馴染み始めている」

違うと否認したいのにできないのは、既に痛みがほとんど消えているからだ。

息を吸うだけで感じるのは、悦楽ばかり。

どんなに言葉で否定しても、レノの身体は愉悦を堪能している。無理やり食べさせられた禁断の果実の味を、覚えてしまっていた。

「……ぁ、あ……っ、動かないでぇ……っ」

「じゃあずっとこのまま繫がっている？　君の中は居心地がいいから、それも悪くないな」

「駄目ぇ……っ」

意地の悪い脅しにすぎなくても、レノは思わず首を横に振った。

彼ならば、実行しないと言い切れない危うさがある。万が一のことを考え、馬鹿正直にレノは「やめてください」と懇願した。

「ゾクゾクする……っ。こんなの初めてだよ。僕はこれでも君に色々譲歩してあげているつもりだよ？　それなのにレノは僕に、あれは駄目これは嫌と言うばかりだね」

「そんな、こと……っ」

一方的に責められて、釈然としない。そもそもこちらには譲歩してもらった認識はなかった。抗えない力で濁流《だくりゅう》に呑まれ、溺れまいと足搔いているだけ。

恩着《おんき》せがましく言われるのは心外だ。けれど腹の中を穿たれ、リュカの茂《しげ》みに花蕾を擦られると、レノの文句が言葉になることはなかった。

「んぅっ、ぁ、は……ぁ、ああッ」

代わりに溢れるのは淫らな喘ぎ。

思考は脆く崩れてゆく。いつしか自分からも拙《つたな》く腰を振り、快楽の僕《しもべ》になる。

レノは涙を溢れさせつつ、淫蕩に身体をくねらせた。気持ちのいいところに彼の切っ先を自ら押し当て、愉悦を貪《むさぼ》る。肢体を弾ませ、貪欲に蠢いた。

「はは……っ、そういう表情、もっと見せてくれ。最高に滾《たぎ》る……っ」

乳房の先端がリュカの胸板に擦れ、そこからも喜悦が弾ける。ズプズプと聞くに堪えない淫音《いんおん》を掻き鳴らし、同じ律動を刻んだ。

汗も蜜液《みつえき》も涙も混じり合い、全身がびしょ濡れになっている。

肌が滑るせいで、レノは夢中で彼に縋りついた。

「あ……ぁッ、また……変になる……っ」

「いいよ。僕も今夜は少しおかしい。こんなに溺れるとは思わなかった」

後頭部を摑まれて、やや強引に口づけられた。歯がぶつかったが、そんなものは全く気にならなかった。それよりも爛《ただ》れた淫洞をこそげられるのが堪らない。

レノが望む強さと角度で、弱点を擦りたてられる。大きすぎると感じていた質量は、今やすっかり過不足なくレノの中に嵌っていた。

「……っぁ、んぁッ、も、ぁああ……っ」

舌を絡ませ、唾液を啜る。どちらのものか分からないくらい混ざり合った液体は、レノの喉をカッと焼いた。

さながら媚薬《びやく》だ。興奮が天井知らずに膨らんでゆく。

先刻より大きな波がくる予感に、大きく息を吸い込み、視線がぶつかる。

リュカの瞳に、だらしなく蕩けた顔をした自分が映っていた。そしてレノの双眸にも、恍惚の表情の彼だけがいるのだろう。

「ぁ……あああああッ」

声を抑えなくてはという意識は完全に頭から飛んだ。

普段ならば考えられないいやらしい嬌声を漏らし、レノが背筋をのけ反らせる。

後方に倒れこまず済んだのは、もっと強い力で抱きしめられたためだ。

「……っく」

腹の奥に熱液《ねつえき》がぶちまけられる。初めて味わう感覚が、別の快感に上書きされた。子宮を白濁《はくだく》で叩かれ、絶頂《ぜっちょう》から下りてこられない。

何度も四肢を痙攣させるレノの中に最後の一滴まで注ごうというのか、リュカの腕の檻《おり》がきつく閉じる。身じろぎもできず、レノは彼の欲望を全て飲み下した。

「ぁ……ぁ……」

「は……これは本当に最高の拾い物だ……」

――取り返しがつかないことを、してしまった……

後悔が首を擡《もた》げ、良心を苛む。だが甘美《かんび》な法悦と急激な疲労感に襲われ、レノの瞼《まぶた》が下りてくる。意識は既に、半分夢の中へ転がっていた。

背中をベッドに下ろされたことは、辛うじて覚えている。だがその後は暗転。

レノは完全に意識を手放した。


覚めない悪夢は、当然のように今も続いている。

合図は変わらず、決められた枝に結ばれた紐とカード。

今のところ、宿舎の裏側に立つ木に注意を払う者はいない。仮に紐に気づいたところで、洞に手を突っ込もうと考える酔狂な人間は珍しいに決まっていた。

――今日も……

レノはカードに書かれた指示を読み、小さな紙片をさらに小さく千切った。

できる限り細かく。文字を判別するのが難しい程度に。

指先が痛くなるほど限界まで細切《こまぎ》れにし、風に飛ばす。

下手に埋めるのは掘り返された時が怖いし、燃やすとなると火を使っていいのは食堂や鍛錬所くらいだ。常に人目がある。かといって保管しておくのは問題外。

結局、『目のつくところに置いておきたくない』一心で、破り捨てることに決めた。

風に乗って方々に飛ばされれば、もし誰かが拾っても、内容を復元することは不可能である。いずれは土に還《かえ》る。

だが本音は、こうして全てが消えてくれたらいいのにという願いが込められていた。

レノの運命を激変させたあの夜の出来事も。そこから始まった不道徳なリュカとの関係も。何もかもが幻であったなら、どんなによかったことか。

けれど、全部現実だ。残酷なまでに自分自身が一番理解している。

今読んだばかりのカードのメッセージすら忘れられないレノが、丸ごと忘却《ぼうきゃく》の彼方《かなた》に葬り去れるわけもない。

「……今夜、月が中天《ちゅうてん》を越えたら……」

ほとんど声にならない呟きは、強い風に吹かれて消えた。

細かい紙片はもうどこにも見当たらない。それなのにこびりついたかのような陰鬱《いんうつ》な気分は、レノの中に厳然《げんぜん》と横たわっていた。もうずっと、長い間。

初めてリュカの部屋に呼び出されてから既に二か月が過ぎた。

あれから何度身体を求められたか、数えきれない。一晩のうちに二度三度抱かれることもある。

娼館通いをせず、特定の恋人を作らなかった彼があれほどの精力をこれまで微塵も見せなかったのは、驚きだ。リュカにはそういった欲がないと思っている者も少なくないのではないか。

——私だって、かつては清廉で真面目な方なのだと信じていた……遊びで女性に手を出す人ではないと……でもとんだ勘違いだったわ。面倒だから抑えていただけなのね。

彼にとっては、欲望の発散とそこに至る煩わしさ、及びその後のやり取りが見合っていないと感じるらしい。よく分からないが、リュカには『無駄がなく』『合理的である』ことが一番大事なようだ。

それ故、一時の快楽のために労力を割くのが馬鹿らしいとのことだった。さりとて欲は溜まるため、辟易していたところに丁度良くレノが現れた——ということなのか。

どちらにしろ今は、全てをレノが受け止めなくてはならなかった。

——薬、用意しておかなくちゃ……

初めの夜以降、彼からはガラス瓶《びん》に入った液体を渡されている。避妊薬《ひにんやく》だ。

事後に一口飲めば、子を孕む心配がなくなる。

こういったものがあるのはレノも知っていたけれど、かなり高価なもので一般にはあまり出回らない。

使うのは、貴族の奥方《おくがた》の火遊びや、高級娼婦くらいだろう。同じ娼婦でも稼ぎが悪い者は危険を冒《おか》して堕胎《だたい》するしかないと聞いたことがあった。

対して、このほんのりと青い色味の薬剤は、副作用や後遺症《こういしょう》は今のところ報告されておらず、効果は抜群《ばつぐん》。値段が高いのも頷ける。

一つ欠点を挙げるとすれば、非情に苦いことくらいだ。

――だからって、口直し用に飴玉《あめだま》まで用意するなんて。しかもこれ、王都で今大人気の菓子店の商品でしょう？　なかなか手に入らないものなのに。こういうものを下さる程度には、気を使われているのかな。――いや子ができて困るのは、あちらも同じ……だから私が感謝するのは、絶対に違う。……でも飴玉は嬉しい……かな。

下っ端騎士のレノは、まだ個室を持たない。

同じく二年目の同僚と同室だ。そのため普段は、薬と飴玉の瓶をベッドの下に隠していた。一目見ただけでは中身が何か判断できないとは思うが、念のためだ。

今日は取り出しやすいように移動させておかなくては。

――毎回明け方近くまで放してもらえないから、瀕死の状態で部屋に戻ることになるものね……同僚を起こすわけにはいかないし、すぐ飲める状態にしておこう。……飴も舐められるように。

幸いにも同室の彼女は、一度眠ったら生半可《なまはんか》なことでは目を覚まさない体質だ。その分、朝は毎回レノが起こしてやらなければならないが、今はそのことがありがたかった。

――これがもしエマリーだったら、絶対に私の異変に気づくもの。

最初にあちこちつけられた赤い痣だって、ごまかすのが本当に大変だった。

大浴場の使用時間は決められている。エマリーとはだいたい一緒に湯浴みすることが多かったので、毎回『体調が悪い』『女の子の日になってしまった』などの言い訳を考えてずらすしかなく、終了間際に大急ぎで済ませようとしても、完全に一人になれることは、滅多になかった。

着替えにしてもそうだ。そこそことこなし、最終的に『その痣、どうしたの？』と指摘された。

――『掃除をさぼっていたら、ベッドにダニが湧いた』って言ったら、エマリーを含めた全員が信じたのは解せないけど……騙せてよかった。

レノは深々と溜息をつき、枝に結ばれていた紐を木の洞に入れた。これも、リュカと二人だけの取り決めだ。

こんなことがいったいいつまで続くのか。考えると不安で仕方ない。彼が飽きるまでか。あるいはリュカに本物の恋人ができるまでなのか。

――それとも……私がリュカ団長の考え方を変えられるまで？

彼が本来持っているはずの良心を取り戻してくれれば、きっと己の行いを見直してくれる。それを信じて、レノは拳《こぶし》を握りしめた。

――今夜も諦めず説得してみよう。

いつまでも自身を憐れんでいたって仕方ない。自分にできることを全力で頑張る。己を鼓舞《こぶ》し、挫《くじ》けそうになる心を叩いて強くした。

そうして迎えた約束の時間。

レノは、リュカの部屋を訪れるなり、思わず鼻を押さえた。

「……何ですか、この臭い……っ」

いつもならほとんど無臭か、不快ではない彼自身の香りが寝室に漂っている。しかし今日は、随分とキツイ香水の臭いが充満していた。

「ああ……贈り物だと無理やり押しつけられた香水瓶を、さっき割ってしまったんだ」

言われてみれば、床には何らかの液体がこぼれた跡があった。瓶自体は、既に片づけた後らしい。

「そ、そうですか……でも何故換気しないのですか？」

レノはきっちり閉じられたままの窓を指し示した。

室内には濃密すぎる芳香《ほうこう》が残っている。もはや悪臭と言っても差し支えない。目に沁《し》みるくらい強烈なのだ。しかもレノにとって、あまり好ましい系統の香りではなかった。

――う……甘ったるくて、気持ち悪くなる……

「臭い、のか？」

「本来はいい匂いなのでしょうが、流石に強すぎます。空気を入れ替えないと……」

「ふぅん」

何とも感じていないのか、リュカは平然としている。だがレノの言葉に従い、窓を開けてくれた。

――え、もしかしてリュカ団長は嗅覚が鈍いの？

慣れるにしても、この濃度の香りは厳しいのではないか。瞳がチカチカし出した。

――仮に好みの匂いだったとしても、身体に害がありそう……

「全く気づかなかった」

「え？」

「僕は臭気《しゅうき》をほとんど感じられないから」

「そ、そうなのですか？」

意外だ。完璧な彼にも欠けている部分があったのか。

「昔、頭に怪我をしてね。以来ほぼ臭いは嗅ぎ取れない。まぁ生まれつき嗅覚は鈍かったようだが」

「匂いが分からなくなるほどの怪我を負ったのですか？」

リュカの身体にはどこにも傷跡《きずあと》がないことをレノは知っている。だからこそ、障害が残るような大怪我を頭部に負っていたのが驚きだった。

「――随分昔のことだ。もうほとんど、覚えてもいない」

珍しく言い淀んだ様子の彼からは、これ以上この話を続けたくない雰囲気が伝わってくる。レノとしてはかなり興味があったが、嫌がる人に無理強いはできない。

渋々《しぶしぶ》、追究することは諦めた。

――だけどいったいいつ？　戦場かな……でもそれなら、『大怪我から復活し国を勝利に導いた』と逸話《いつわ》になりそうなものなのに、聞いたことがないわ。療養していたなんて話もない。……子どもの頃？　だとしたらかなり長い期間、不自由だったはず。

火薬の臭いや異臭を嗅ぎ取れなくては、危険を避けられない場合もある。何より食事の際、楽しみが半減してしまうではないか。花の香りに癒されることもないのだ。

レノの中で、リュカへの同情心が首を擡げる。

しかも彼自身は特別気にしていない様子なのが、余計に憐れみを誘った。

――もしや、『いい匂い』自体をご存じない……？　生まれつき嗅覚が鈍かったとおっしゃっていたし……

「……こ、香水なんてリュカ団長に贈る方がいらっしゃるんですね」

「色々押しつけられて困っている。相手の身分によっては、受け取らないわけにはいかない。お返しを考えるのが面倒なのに」

どうやら相手は女性だと察し、レノは複雑な心地がした。何気なく部屋の隅に目をやれば、今まで特に気にしていなかったものの、綺麗に包装された大小の箱がいくつも放置されている。

「ぁ……ではあれらも？」

「ああ。いらないと言っているのに、どんどん押しつけられる。処分するのも面倒だから、ほとぼりが冷めた頃に部下へ配っているよ」

「でも、どれも高価な品ばかりでは？」

結ばれたリボンは、おそらく高級店のものだ。レノ自身は勿論入店したことがないけれど、見覚えはあった。

「値段が高かろうが低かろうが、興味がないものを贈られても、迷惑だ。それは相手の自己満足にすぎない。そもそも僕は大して物欲がないんだ。欲しいと渇望《かつぼう》するものなんてない」

彼が多数の女性を虜にしているのは周知の事実。おそらくこれまでも様々な贈り物でリュカの関心を引こうとした者が大勢いるはずだ。

しかし改めてその存在を口にされると、心の奥が妙にざわついた。

――リュカ団長が誰かといい仲になってくれれば、私への興味を失ってくれるかもしれない。そうなれば万々歳のはずなのに……私、彼が贈り物を面倒がっていることにホッとしている……？

自分でも己の心のありようが不鮮明だ。覗き込んではいけない箱を抱えている気分に等しい。深く考察したくなくて、レノは上《うわ》の空《そら》で相槌《あいづち》を打つに留めた。

「……しばらくは窓を開けたままにしないと、臭いが取れそうもないですね」

「へぇ？　僕は構わないが、君はそれで大丈夫か？」

どこかしんみりとしていたレノの気持ちが、リュカの愉悦を孕んだ声音に断ち切られた。

窓際に立っていた彼が、危険な色香を漂わせる。

未だ室内に充満している香水の臭いを駆逐《くちく》しそうなほど、濃厚で妖《あや》しい雄の香り。

それが吸い込んだ空気に、確かに混ざって感じられた。

「な、何のお話ですか？」

「窓を開け放したままだと、外に声が漏れてしまうかもしれない」

「……っ」

嫣然と微笑むリュカに手を引かれ、レノは壁に押しつけられた。すぐ横は、開け放された窓。いつもはしっかりと閉じられている。

この階に居室を構えているのは彼だけなので、ひとまずは安心していた。けれど下の階には何人もの団員が寝泊まりしている。もし、階下の住人も窓を開けていたとしたら、ここでのやり取りが筒抜けになってもおかしくなかった。

「リュカ団長、し、寝室に……っ」

「君の方からベッドに行きたいと誘ってくれるなんて感激だな。でもたまには、違う趣向《しゅこう》も試してみたいと思わないか？」

頬を舐められ、レノは身を竦ませた。

咄嗟に『とんでもない』と叫びかけ、慌てて声を殺す。こうして話している声だって、誰かに聞かれる恐れがあった。

「や、やめてください……」

囁き声で懇願しても、愉悦交じりの笑みに跳ね返される。

楽しい遊びを思いついたと言わんばかりのリュカは、壁にレノを押しつけたままこちらの身体を弄ってきた。

「ぁ……っ」

「ほら、声は我慢しないと。むしろ聞かれたいなら、それでも構わない」

服の裾から大きな手が侵入してくる。下着越しに胸を触られ、ビクッと肩が強張った。

「……っふ」

咄嗟に自らの口を片手で押さえても、艶めいた吐息を完全に殺すことはできなかった。

喉奥《のどおく》が痺れ、脚が戦慄く。背中を壁に預けているおかげで体勢を崩さず済んだものの、レノの膝は滑稽なほど笑っていた。

「駄目……っ」

ほぼ音にならない口の形だけの抗議は、リュカの嗜虐心に火をつけただけ。

彼はレノの両太腿の間に割り込ませた己の膝を、ジリジリと上昇させていった。

「……ャッ……」

慌てて爪先立ちになっても、端《はな》から身長差がある。すぐにリュカの膝はレノの脚の付け根へ到達した。それでもまだ彼の動きは止まらない。

「んぅ……」

限界まで伸びあがり、身体が震える。股座に押し当てられた膝が、容赦なくレノの花弁を苛んだ。

どうしても肢体が揺れ、陰唇に負荷がかかる。前後に艶めかしく膝を動かされれば、もどかしい喜悦が生まれ、その都度よろめかずにはいられない。

次第に踵《かかと》の位置が下がり、より陰部を下から押し上げられた。

「ぁ……っ」

「女性の声はよく通るから、階下に届くかもしれない」

「……んんッ」

緩んだ唇を引き結び、今度は両手で口を塞いだ。しかしそうなると、リュカの脚から逃れるため抗うこともできない。黙って淫らな戯れに耐えるのみ。レノにできるのは、健気に背伸びすることだけだった。

「……ぅ、ん……っ、んん……ッ」

「その真っ赤な顔、そそられる。必死に我慢しても結果は同じなのに、無駄に頑張るところが微笑ましいよ」

「……ぁっ」

突然身体を反転させられ、レノは壁に向かって立たされた。背後にはリュカ。

彼の身体と壁に挟まれ、押し潰される。

しかも強引に腰を後ろに引かれ、淫靡にも尻を突き出す姿勢を強要された。

「……っ？」

リュカの逞《たくま》しく大きな身体が背中に覆《おお》い被さってきて、咄嗟に両手を壁に突っぱねて重さに耐える。その隙に下着諸共《もろとも》ズボンを膝まで引き摺り下ろされた。

「や……っ」

「シィ……静かにしないと」

鋭い声を漏らしたレノに、彼が柔らかく囁く。子どもに言い聞かせるのに似た、穏やかな声音。だが込められた意味は、最悪だった。

「――この時間、宿舎の周りをうろついている者はいないと思うが、この部屋は明るいから外にいたら室内がよく見えるだろうね」

「……！」

レノが手をついている壁のすぐ隣は窓。角度によっては、外から二人の姿が見える可能性があった。

「あまり物音を立てると、不審に思った誰かが興味を持って覗くかもしれない」

恐ろしい台詞に血の気が引いた。

勿論、そうなって困るのはレノだけではなく、リュカも同じはず。けれどより傷を負うのがどちらだと問われれば、こちらなのは明白だった。

騎士団では男女の宿舎が別に造られている。その理由は『間違い』があってはならないためだ。痴情《ちじょう》の縺《もつ》れは任務に影響を及ぼしかねない。それ故、団員同士の交際は禁止とまでは言わなくても、歓迎されていなかった。

――これまで団員同士が恋仲になった場合、どちらかが別の部署に飛ばされるか、退団している……私たちなら、まず間違いなく私が切られる。

考えなくても分かる図式。残されるのは、より優秀な方。

それだけならまだしも、もしリュカが『レノにつきまとわれた』などと嘘の証言をしようものなら、こちらがクビにされる恐れもある。

周囲は彼の言葉を疑わない。非の打ち所がない貴公子《きこうし》であり、最強の騎士。レノとは『築き上げた信用』が段違いだった。

「物分かりがいい、いい子だね。だけど悔しそうに歯噛《はが》みする顔も面白い」

「……っく」

窓に映るレノの横顔を見たのか、心底楽しげにリュカが笑った。

剝かれた下半身が風の流れを感じて、肌が騒めく。

蜜口を上下になぞられ、レノは手を握りしめた。

「んぅ……ぅッ」

「簡単に言いなりになるだけじゃつまらない。従順にふるまいつつも、矜持を失わないレノは、最高に興味深いよ」

媚肉にふぅっと息を吹きかけられ、彼が跪《ひざまず》いたのが分かった。自分の恥ずかしい場所が明るい中で直視されているのだと思うと、頭がおかしくなりそうになる。

屈辱と羞恥で頰は染まり、呼吸が乱れた。だが吐き出した息には、違う熱も籠《こも》っている。

「……ふ、ぁ……っ」

尻を男の手で摑まれて左右に広げられれば、秘めるべき箇所がパクリと口を開けた。

やや湿った感触で、そこが既に潤み始めていたのを知る。その事実に愕然としたのは、言うまでもない。

——どうして……っ、強制されて嫌なのに——

「……ぁ、あ……ッ」

生温かく滑ったものが花弁に触れ、見て確かめなくてもそれがリュカの舌であることが感じ取れた。

分かってしまうほどに、もう何度も味わったものだから。

彼がどんな風に動き、レノを昂らせるのか。巧みに快楽を引き摺り出して、悦楽の坩堝《るつぼ》に叩き込むのか。全部、自分の身体が覚えている。

リュカがレノの弱点を熟知しているように、こちらも彼が次に何をしてくるか悟ってしまう。そして動きを合わせずにはいられない。

じっくりと躾けられた女の肉体は、リュカに与えられる快楽に屈服《くっぷく》していた。

「んんッ」

花芯を指で捏ねながら蜜路に舌を入れられ、ビクビクと腰が引き攣《つ》った。

眼前の壁に縋らなければ、倒れこんでしまいそう。口を塞ぎたくても片手では体勢を支えきれない。

ズルズルとレノの姿勢は前のめりになり、先ほどまでよりなおさら尻を後方に突き出している状態になった。

「うう……っ」

無防備《むぼうび》に曝け出す秘部へ、容赦ない悪戯が加えられる。肉粒を摘まれ、転がされる。蜜窟には舌が出入りし、肉襞を擽られた。

降りかかる熱い息が、花弁の濡れ具合を知らしめてくる。

レノの内腿を温い滴が伝い落ち、見下ろした足元には数滴の滴りがあった。

「ひ……っ」

とてつもなく恥ずかしい。いたたまれなさで眩暈がする。それなのに快楽は大きくなるばかり。滾った呼気が喉を通過し、レノをより昂らせた。

――駄目……っ、声が出てしまう……っ

何とかして窓を閉めなくては。

レノは必死に片手を伸ばし、半端に開いた窓の枠を摑もうとした。だが無駄な足掻きを諫めるように、腰へリュカの指が食い込む。

どうやら彼が立ち上がったらしい。ならばこの淫らな責め苦は終わりと、油断したのが大きな間違いだった。

「……っは……ぁ、あッ」

一気に最奥まで硬い怒張《どちょう》に貫かれた。

衝撃が強すぎて一瞬意識が白《しら》む。我に返ったのは、荒々しい打擲が始まったからだ。

「……っ、ぁ、あ、ああッ」

後ろから腰を打ちつけられて、身体が激しく揺さぶられた。壁に額をぶつけないよう、両手を突っぱねるのが精一杯。肉がぶつかる音が生々しく室内に響いた。

――声だけじゃなく、いやらしい音が外に漏れたら……！

殊更にレノの内側を掻き回し、淫蕩な水音を立てるのは絶対にわざとだ。蜜液が攪拌《かくはん》され、泡立ちながら滴り落ちる。

悦楽を逃がそうにも、狭い空間に閉じ込められたレノには、成す術がなかった。

「ああ……っ」

「そんなに甘い声で鳴いたら、男は気になって耳を澄ませてしまう」

レノの背中にくっついたリュカが意地悪く耳朶を食んでくる。湿った吐息を耳孔《じこう》に注がれ、愉悦が増す。意志とは無関係に隘路《あいろ》が収縮した。

「……っ、いきなり締めつけるなんて、ひどいな。もっと激しくしてくれって言いたいのか？」

「違……っ」

否定の言葉も外に漏れるのが怖くて、小声になる。せめて頭を振って意図を伝えようにも、乳房を鷲摑《わしづか》みにされてはままならなかった。

「っく、ぁ……っ」

「前屈みになると、仰向けの状態より重量感が感じられる。もっとも僕は、レノの小ぶりな胸も嫌いじゃないけどね。形がよくて柔らかで……何より感度がいい」

硬くなった頂を下着越しでも簡単に見つけられ、布の上から引っかかれた。

直接触れられないもどかしさが、何とも言えない官能を呼ぶ。物足りなさを糧《かて》にして、燻る熱は凶悪だった。

「……ゃ……ぁ、っく……」

「ナカ、すごくうねっている……すぐ搾《しぼ》り取られそうだ」

今度はゆっくりと動かれて、淫窟をじっくり往復された。

濡れ襞を隈なく擦られ、愛蜜《あいみつ》が溢れ出る。潤滑液《じゅんかつえき》を纏わせた指で花芽を扱かれ、レノは余裕のない呼吸を繰り返した。

「そんなに気持ちがいいなら、声を出せばいいのに」

できないと分かっているくせに、彼は巧みにレノを追い詰めた。

奥を小突きつつ胸と陰核を揉まれる。三点同時に責められると、我慢などできるわけがない。

瞬く間に限界が訪れて、レノの全身が戦慄き出した。

「……ぁあぁ……ッ」

「イきそう？」

「やぁ……っ、イきたくな……っ、ぁ、あぁあッ」

ここまでのレノの我慢を嘲笑《あざわら》い、リュカが激しく腰を振る。

パンッパンッと拍手めいた音が鳴り、全身が前後に動いた。釣鐘状《つりがねじょう》になったささやかな胸も、服の下で揺れている。

――もう、耐えられない……！

爆ぜる瞬間は目の前。レノは壁についた手に自ら縋りつき、せめて叫ぶまいと抗った。

暴れる法悦が体内を食い破りそう。最後の時は、力強く穿たれたことで訪れた。

「……っ、んんぅぅッ」

耐えた先の絶頂感は恐ろしく絶大だった。

頭の中が弾け、本当に声を押し殺せたか、定かではない。音が遠退き、視界も歪む。

はっきり感じ取れるのは、子宮の中に白濁を注がれる感覚のみ。

熱液がレノの内側を染め上げる。たっぷりとした子種が女の中を満たしていった。

決して、実を結ぶことのない欲望の残滓《ざんし》が――

3 獣

目を覚ましたのは、まだ夜明け前。

外は薄暗い。いつもならば、レノは身体を求められ、鳴き喘いでいる時間かもしれない。

だが今夜は窓際でレノを苛み、思い切り言葉で甚振ったことでリュカは満足したのか、早々に二人並んでベッドに横になっていた。おかげで短い時間、微睡《まどろ》むことができたらしい。

「起きたの?」

「あ……すみません。私、眠っていたみたいで……」

「もう少し休んでいても大丈夫だ。明るくなる前には、起こしてあげる」

向かい合って横臥《おうが》し、背中をポンポンと叩かれる。互いに裸のまま。

さながら恋人同士の距離感に、困惑しなかったと言えば嘘になる。

――リュカ団長は、変に優しい時があるから困る……。

レノを便利で都合のいい道具扱いする癖に、おかしなところで気遣いを窺わせる。

例えば、毎回誰にも見られずに宿舎に戻れるよう途中まで送ってくれるし、避妊薬と飴玉にしてもそうだ。行為の間に暴力をふるうこともない。

赤い痕は注意しても未だに残してくるけれど、レノの身体を痛めつけるような真似は決してしてしなかった。

それどころか、性欲の解消のためにレノを利用しているのにも拘らず、こちらの快楽を引き出すことに余念《よねん》がない。普通は、もっと自分本位《じぶんほんい》に処理して終わりなのではないか。

――もっとも、私には他に経験がないから『普通』はよく知らないけど……。

非情と言い切れない言動に、いつも惑わされる。夢を、見たくなってしまう。

本性を知った今でも期待して、彼への理想を捨てきれない自分は、愚かとしか言いようがなかった。

――脅され、理不尽な共犯者に仕立て上げられ、身体の関係になってしまったせいで余計に身動きが取れなくなっている……でもこのままでいいわけがない。

何とかしてリュカに正しい道へ戻ってもらわなくては。

今夜もレノは説得するのを諦めてはいなかった。

「あの……リュカ団長は何故騎士団に入ろうと決めたのですか」

初心を思い返せば、自ずと当時の理想に満ちた心境がよみがえるはず。今は忘れかけていても、かつては明るい未来を思い描き、自分なりの夢を持っていたに決まっている。

だからこそ、レノは彼に過去を語らせるつもりだった。

「──急に、何」

しかし意に反して、リュカは不快げに眉を顰める。その表情は、明らかに『不愉快』だと物語っていた。

──え、どうして？　大抵の団員は、この話題が好きなのに……

ほとんどの者が体力や腕力自慢だ。地元で剣の腕が一番だったとか、高名な騎士に目をかけてもらったなんて自慢してくる者もいる。

代々騎士を輩出している家系で、家柄を誇りにしている者も。または己が名を挙げる夢を語る者も少なくない。

いわば鉄板の話題なのだ。酒を酌《く》み交わしながら話せば、すぐに気心《きごころ》が知れた仲になれる。女騎士だってそこは同じだった。

──話したくない人もいるの？

仮初《かりそめ》でも、先刻まで二人の間にあった穏やかな空気は霧散していた。

今は冷淡《れいたん》な彼の双眸に射抜《いぬ》かれて、室内の温度が下がった心地さえする。

レノがゴクリと喉を鳴らすと、リュカが瞳の圧を和らげた。

「……昔話は好きじゃない」

「そ、そうですか。……失礼しました」

いきなり会話を断ち切られ、完全に拒否された気分だ。取りつく島もない。これでは説得など夢のまた夢。

初手から失敗してしまい、レノは居心地悪く身じろいだ。

「えっと……で、ではリュカ団長の今後の展望を教えていただけませんか？」

「今度は何。まるで騎士団の会報に載せる記事の取材をされているみたいだ」

どちらかと言えば、取り調べに近い。何とかして彼の為人《ひととなり》を捉え、少しでも交渉を有利に進めるための。

が、勿論馬鹿正直に自白する気はなく、レノは曖昧に「一度お聞きしたくて」と濁した。

過去が嫌なら、未来の話であればしてくれる可能性が高い。

それにこの先の夢を語るのも、『正しさ』を思い出すきっかけになり得るだろう。

「ふぅん。――まぁ、いい。僕だって戦乱よりは安定した平和に価値があると思っているよ。敵を屠って称賛されるのも分かりやすくて悪くはないが、身の安全も大事だからね。苦痛や飢えは避けたい。だから王都の治安を維持し、国が衰退《すいたい》しないよう今後も力を尽くせたらいい」

レノの期待した、純粋な平和への願いとは若干違ったが、ひとまずリュカが会話を続ける気になってくれたことに安堵した。

それに彼が誰彼構わず手にかけるつもりはないと知れ、無意識に深い息を吐く。

——よかった……それなら、まだ希望は持てる。

「だが面倒事は嫌いだ。労力に見合う報酬がないなら、煩わされたくはない。だから今後は無駄を省いていこうと思う。特に書類や手続きは簡略化できるはずだ。慣例通りに拘《こだわ》る輩は、一掃《いっそう》したいな。とはいえ古い考え方の人間に手を出せば無用な軋轢《あつれき》を生む。押し通すには時期尚早《しょうそう》だ。全員一気に消すわけにもいかない」

束の間油断していたら、いきなり話が不穏な方向に行ってしまった。

心なしかリュカの目が危険な色を帯びる。『邪魔な人間は物理的に排除する』と宣言された気がして、レノは慌てて半身を起こした。

「あ、あのっ、王族の近衛隊にいきたいとは思わないのですか？　そちらの方が、特権は多いですし、専任《せんにん》の事務官がつくと聞きましたが……」

――この方は極端なくらい『利害』を重視するんだわ。少し、怖いくらいに……

自身にとって無駄と判断すれば、平気で取り除く。そこに情や良識は通用しない。

己を不快にするものが、何よりも煩わしいのか。役に立つか立たないかが判断基準。至極分かりやすくもあり、同時にレノには理解不能だった。

――私はそんなに割り切れないわ。気持ちを優先してしまうもの……

「近衛隊？　そんな面倒なものになる気はない。王族の見栄《みえ》のために着飾らされ、あちこち連れ回されるのは、ごめんだ」

「た、確かに王族付きとなれば、主と定めた方の身近で常に仕え、行動を共にすることにはなりますが……」

誰もが憧れる地位なのに、リュカは一切興味がないらしい。それどころか、忌まわしげに吐き捨てた。

「……王宮に出入りすることが増えれば、会いたくない人間と顔を合わせる機会も増える」

「え」

「――そういうレノは、近衛隊を希望しているのか？」

やんわりと話題を変えられた気もする。

だが彼と緊張感なくこんなに会話が続いたのは初めてで、わざわざ嫌な空気に戻したくはないと思った。

「いいえ、私は……そもそも平民出身なので、不可能ですし」

生まれは問わない騎士団とは違い、そこから選抜される近衛隊は別格だ。

明言はされずとも、家柄がしっかりした者からしか選出されない。王女や王妃付きになる女騎士も全員、高貴な血筋の人間のみだった。

「……偶然生まれた家で区別されるのは、納得がいかない。それは運でしかなく、本人の実力でも何でもない。家柄でしか価値を見出せないのは、馬鹿げている」

「え……っと、近衛隊は実力も伴っていなくてはなれないと思いますが……その、ありがとうございます」

たぶん、慰《なぐさ》められている気がした。随分遠回しで分かりにくいが、おそらく励まされている。それ故、レノは素直にリュカへ礼を述べた。

「――――別に、そういうのではない」

そっけなく顔を背けられたが、これは彼が照れているのかもしれないと感じた。リュカの表情は変わらないし、淡々とした態度にも変化はない。

それでも、僅かな言葉の強弱で、レノは何となくそう思ったのだ。

独りよがりな思い込みや勘違いだとしても、構わなかった。ほんのりと胸が温もり、説得云々は置いておいても、もう少し彼と話してみたいと思えたのだから。

「私は、仮に近衛隊になれる機会が巡ってきても、お断りします。給金が増えるのは魅力ですが、私の夢はあくまでも人の役に立つことです。貧しい人や困窮する方々に寄り添えるこの仕事が、天職なんです」

「……よく分からないな。手当よりも充実感の方が大事だということか？　危険も多いのに？　見返りと労力が吊り合っていないじゃないか」

「何を大事と感じるか、それは人それぞれの価値観です。命より誇りを選ぶ人がいれば、矜持を捨ててお金を望む方もいる。リュカ団長のように、合理性を重んじる方も。……もっとも、偉そうなことを言っても私だってよく分かっていないのですが」

「……妙なことを言う。やはりレノは見ていて飽きない」

人を珍獣《ちんじゅう》かのように言い、彼が苦笑した。それは作り物でも悪辣なものでもない。思わず漏れた、本物の笑顔に見えた。

「か、語り合うことでしか人は分かり合えません。ですから私はリュカ団長ともっと話をしたいと思います」

勢い込んで切実に訴える。話せば人は必ず理解し合える。そういうものだと信じて。

「――分かり合う？　君が僕を？」

だが彼から返されたのは冷笑だった。ある意味では、これも本物だ。外面《そとづら》のために作り上げられた仮面ではない。剝き出しのリュカの一面。

冷徹な素顔に、レノは思わず息を吞んだ。

「なるほど。君は僕に共感したふりをして篭絡《ろうらく》したいのか。それでこの関係を終わらせるつもりだね？」

当たらずとも遠からずに言い当てられ、反射的に肩が強張った。それを見逃してくれる彼ではない。

酷薄さを増した微笑が、リュカの唇にのった。

「人が分かり合えるなんて、幻想だよ。信じれば、裏切られる。利用し合うくらいで丁度いい。むしろ損得がはっきりしている関係の方が、明朗で素晴らしいじゃないか」

「それは……あまりにも温かみがないです」

「温かみ？　そんなもの、必要か？　不確かな何かに縋るより、利害関係で結ばれている方が、よほど安心できる」

全力で否定され、レノは啞然とした。

自分には他者との繫がりがとても大事だ。心の交流と言い換えてもいい。

仮に己に利益がなくても、相手の喜ぶ顔が見られれば充分ですらある。

だが、そういう思いが彼には微塵も理解できないようで、むしろ嫌悪感を滲ませていた。

――やっとこの人の心に触れられる取っ掛かりを得たと思ったのに……。

これまでもレノは自分と考え方が違う人間と出会ったことはある。けれどここまで決定的に断絶はしていなかった。

価値観が甚《はなは》だしくズレている。そもそも共通認識ができていない。立っている場所が既に違い、同じものを見ても別の像を結んでいるのだと悟った。

――リュカ団長の心に触れたくても、その心が見つけられない……。

「……僕が怖い？　人は理解できないものを恐れる本能を持っている。恐怖は生存するために重要なものだ。だから恥じることはないよ」

人間ではなく獣と対峙《たいじ》している錯覚を抱き、正直に怖いと言っていいのかどうか、しばし迷った。

彼の瞳の奥には、レノを甚振る愉悦が浮かんでいる。ただし同時に、微かな焦燥も垣間見えた。それが自分の見たい幻ではないとは、言い切れないが。

「――……怖い、です。でも……貴方を理解するのを、諦めたくもありません。私の努力が無意味でも、手を伸ばし続けることに意義があると信じています」

偽らざる本音を吐露し、乾いた口内を唾液で湿らせた。

ここで白旗を揚げるのが一番簡単であっても、踏ん張りたかった。ただの自己満足と言われれば、否定できない。

リュカを怒らせても何一つ自分に得はなく、むしろより窮地に陥るだけだ。

けれど折れたくないと意地になる。

気圧されながら彼の視線を真正面から受け止め、レノは息を凝《こ》らした。

そのまま数秒。

感情の読めない表情のまま、リュカがベッドから起き上がった。

「……君の命運は僕が握っていると自覚した方がいい。勝手な行動は許さない。レノが自発的に行動すると、あの夜のように別の誰かが命を落とすかもしれないよ」

「……え」

「君は家族に仕送りをしているんだっけ？　家族仲は良好だそうだね。親しくしている友人は、同じ女性騎士のエマリー女史《じょし》。同期とはよく飲みに行く仲。他には親のいない子らを気にかけているとか。貧民街で働く娼婦とも懇意《こんい》にしていると聞いている――大事なものは隠しておいた方がいい。うっかり僕が、『邪魔だ』と感じてしまうかもしれないよ」

皮膚を薄く刃で斬られた幻覚が見えた。幻の痛みまで感じるから不思議だ。

「レノも知っているように、僕は自分の邪魔をされるのが大嫌いなんだ。効率的に物事を進めるには、一番近道を選択する。その際障害となるものを排除するのに、躊躇はないよ」

脅迫だ。何をどうすると言われなくても、急所に刃を押し当てられた気分になった。

レノが愕然とし動けない間に、彼は脱ぎ捨てていた服を羽織る。こちらにも、レノが着てきた服を放ってきた。

「そろそろ戻った方がいい。途中まで送ろう」

振り返ったリュカは、かつてレノが憧れてやまなかった穏やかな笑顔。つまりは仮面の一種。

僅かでも見せてくれていた本当の姿は、完全に掻き消されていた。まるで、うっかり見せてしまったことを悔いるように。

「……君が僕の気に入りの玩具である間は、安心していい」

委縮《いしゅく》して動けないレノの耳に、彼が囁く。

その声が『脅しすぎた』と悔恨《かいこん》を孕んでいる気もした。だが、あまりに一瞬だったので確信はない。

それよりも身体が強張ってしまい、すぐには動けず、瞳を忙しくさまよわせる。

リュカがこちらの耳元へ顔を寄せているせいで、彼が今どんな表情をしているのかは不明だった。

――野生の獣と、対峙している気分……人の倫理も道義も役に立たない。そもそも同じ価値観を期待する方が間違っていた……？

分かり合えない。微かに近づけたと思えば、手を振り払われる。

彼を理解したいと思うこと自体、傲慢だと嘲笑われているのかもしれなかった。

――誰に？　神様？　それとも……リュカ団長本人？

「……わ、私は邪魔じゃないんですか？」

「今のところはね。僕にとって利益の方が大きい」

「……鼠だって追い詰められれば猫に噛みつきますよ」

そんな度胸はない癖に、つい強気で言わずにはいられなかった。心の中の靄を、少しでも吐き出したい。何か告げなくてはいけない予感がした。

「ふ……っ、それはそれで面白そうだ。僕はね、敵対する相手を片っ端から消すのは危険だと知っている。最終的に自分の首を絞《し》めることになりかねない。生き残るにはバランスを取らなくては。排除だけではなく、取り込むことも有益だ。自分の監視下に置いておけば、制御可能だからね」

レノはリュカの監視下にあると言いたいのだろう。

事実、今日まで自分は完璧に操られている。首輪をつけられたのも同然だった。

「リュカ団長は先の先まで読んで、とても聡明なのだと思いますが……っ、人は計算通りにならないこともありますよ」

「ご忠告、ありがとう。論理的でない人間が多いことは僕も知っている。君の行動がまさしくそれだな。ただ、欲に釣られず、自分の命を危険に晒してまで他人を助けようとする馬鹿げた正義感は、流石に初めてお目にかかった」

冷笑と呼ぶにはやや柔らかい口元が辛辣な言葉を吐く。横目で彼に見られると、反射的にレノは身構えた。

「……腰が抜けて立ち上がれない？　抱えていってあげようか」

「……っ、だ、大丈夫です」

揶揄《からか》い交じりの言葉で、ようやくレノの呪縛《じゅばく》が解けた。

完全に固まっていた手足が動き始める。

目の前に落とされた服を素早く身に着け、手櫛《てぐし》で髪を整えた。

「……帰り、ます」

「送るよ」

――あんな会話をした後で、何故そんなことを言うの……

彼の思考を完全に理解することは難しい。あまりにもレノとは違いすぎていた。ひょっとしたらこの先も、永遠に理解は叶わないのかもしれない。

リュカは異質すぎて、レノの常識はことごとく当て嵌まらなかった。同じ言語で話していても、意味が届いている気がしない。

――それでも……『無駄』を厭うこの方が、毎回私を送ってくれることに、希望を見出したい。いつかは私たちが同じ気持ちを共有できるんじゃないかって……

人と相いれない獣を懐かせるような、奇跡を祈るのに等しい。雲を掴むような話だ。

だが手を伸ばすことは決して諦めたくないと、レノは強く思った。


二人の関係は秘密のもの。

それははっきり名言されたわけではなくても、暗黙の了解だったはず。

会うのはいつもリュカの部屋。二人きりで親しげに外で話すことはない。距離感はこれまで通り。

一介の女性騎士と、騎士団団長が接点を持つなどほぼあり得ず、仮に王都の巡回中に擦れ違っても、レノが騎士の礼を取って彼を見送るのが当然の成り行き。——だったのだが。

——こ、これはいったいどういうことなの……っ？

レノが窃盗犯を捕まえ、犯人を詰所へ連行した帰り際、丁度視察にやってきたリュカとかち合った。

それだけなら、こちらが彼に挨拶《あいさつ》をして終わりだ。その後は速やかに持ち場へ戻るだけ。何ら問題はない。

しかし、この日は違った。

「ご苦労様。この後時間があるなら、一緒に昼食をとろう」

そう宣ったリュカにレノは同僚たちの目の前で捕まっていた。文字通り、『捕獲』状態である。

「い、いえ……私なんかが団長とご一緒するのは、恐れ多いです……」

「普段一人で食事をすることが多いから、たまには誰かと行きたいな。ついでに王都の一般的な飲食店を視察したい。君のお勧《すす》めの店は？」

レノの拒否はあっさり無視された。さらには周囲からの視線が痛い。

誰も彼もが『リュカ団長が女性を食事に誘うなんて珍しい』『まさか下っ端如きが断る

わけがない』『この二人、どんな関係なんだ？』と興味津々で注目してきたからだ。

騎士団の詰所には、当たり前だが複数の騎士がいる。昼時なので、休憩がてら寄った者も少なくなかった。

「え、ぁ、あの、私は……」

「さぁ、時間がもったいないから行こうか」

連行だ。犯人を引き摺るのに似た鮮やかさで、レノは外へ連れ出された。確保の仕方が手馴れている。

「……っ、ひ、人前で話しかけるなんて、どういうおつもりですか……っ！」

腕を強引に摑まれ、半《なか》ば引き摺られながら歩き、レノは詰所が見えなくなった位置でリュカの手を振り払った。

周囲に人はいない。それでも念のために小声で彼を問い詰めた。

レノにとっては勿論、リュカにとっても不利益しかない。それが分からない彼ではないはず。

あの場にいた全員がリュカの気まぐれだと気に留めなければいいが、そうはいくまい。あれこれ噂されるのは目に見えていた。煩わしさを嫌う彼には考えられない失策《しっさく》だ。リュカだって後で質問攻めにされかねないのでは。

「あの後、実は視察と称して食事に連れ出されるところだったんだ。しかもそこには、『偶然』ラヴィン伯爵家のご令嬢が現れる手はずだと教えてくれた者がいてね。部下には親切にしておくものだ。こういう時に役に立つ」

つまり『偶然』を装ったお見合いに連れて行かれそうだったということか。

きっぱり断れば角《かど》が立つのは確実。そこで何も知らないふりをして回避するため、レノが利用されたらしい。

「……お役に立てたなら幸いです。でも、面倒なのは大して変わらないと思いますよ？」

「顔も知らない女の機嫌を取った上、見合いの既成事実《きせいじじつ》を作られるより、ずっとマシだ。少なくともレノの顔を見ながら食事をした方が、暇潰しにはなる」

「随分な言いようですね……」

「食事なんて栄養を摂るための義務だからな。別に楽しいものじゃない。味わっているふりをするのも苦痛だし、本当なら一人の方が気が楽だ」

――あ……リュカ団長は嗅覚に障害があるから、食事をあまり楽しめないのかも……。

思い返してみれば、二人の関係が拗《こじ》れた裏路地だって悪臭が漂っていた。彼が平然としていたのは、あのひどい臭いが分からなかったせいなのだろう。

鼻が曲がりそうな臭さを感じないのは、少し羨ましい。けれどいい香りや美味しいものを楽しめないのは、同情せざるを得なかった。

「……でしたら、私と行くのもお嫌でしょう。ここから別行動されますか？　口裏なら、合わせますよ」

もしかしたらリュカは他人と会食するのが不快なのではと思い、レノは提案した。騎士団の食堂では仕方ないとしても、せっかく人目を気にしないで済むなら、その方がいいのではないかと考えたのだ。

「――いや、レノとなら嫌ではない。君には余計な気を使ったり、取り繕ったりする必要がないから楽だ」

その言い方もどうだと思ったものの、不愉快にはならなかった。

むしろ、微かに喜んでいる。消去法に等しい選び方だとしても、『レノと食事に行きたい』と言われた心地になれ、愚かしくもそれが殊《こと》の外《ほか》嬉しかったのだ。

「……普段私が立ち寄るのは、屋台や小さな食堂です。早くて安いのが、大事ですから」

「僕はどちらもあまり行ったことがないな」

「……でしょうね。伯爵家出身で、英雄であられるリュカ団長をそういった場所に誘う猛《も》者《さ》はいないと思います」

彼に、『立ったまま食べる』や『酔っ払いが騒ぐ店』は似合わない。騎士服でなければ、どこぞの貴公子だ。最高級の店こそがふさわしいと思えた。

「好き嫌いはありますか？」

「特にはない」

「では具沢山スープを出す店に行きましょう。栄養がたっぷりありますから」

それに、表通りからかなり奥に入るため、比較的空いている。騎士団の人間の姿は、これまで見かけたことがなかった。エマリーにも秘密の、レノのとっておきだ。

「手っ取り早く栄養補給できるのはいいいな」

「……味も保証しますよ」

匂いが感じられなくても、できる限り美味しいものを食べてほしい。そんな気持ちで、レノは歩き出した。

入り組んだ路地を何度か曲がり、二十分ほどで目的の店に到着する。

古びた外観は崩れかけているが、店の前に立っただけで既に食欲をそそる香りが漂っていた。

「さ、入りましょう。リュカ団長も気に入ってくださったら、嬉しいです」

「……君は、存外逞しいな。僕が怖くないのか？　最初は完全に委縮していたし、先日はあれだけ脅されたのに、今日はもう平然としている」

扉を開こうとしたレノの手が、軽く押さえられる。

添えられた手の主に視線をやれば、彼が無表情で立っていた。

「……以前も同じ質問をされましたが、そりゃ怖いですよ。リュカ団長の考えが、まるで理解できませんし。でも……竦んでいるだけじゃ、何も解決しません。それに団長は他人の目がある時は紳士です。あと、穏やかに話をされている時は、多少油断しても大丈夫かと思いまして」

彼の言っていることは倫理的にめちゃくちゃでも、レノの言葉に耳を傾けてくれないわけではない。

逆に話を聞いているからこそ、先日は急に態度を豹変《ひょうへん》させたのではないかと思った。

――あの日以来、色々考えてみたけど……リュカ団長は私が彼を理解したいと言ったことで、動揺した気がする……

ならば全ての糸口はそこにある。逆に言うと、他に突破口《とっぱこう》を見つけられなかった。

他者を理解したいなら、まず対話だ。時間をかけやり取りするしかない。だとしたら今日の食事のお誘いは、ある意味絶好《ぜっこう》の機会かもしれなかった。

「それに、私の大切な人たちをどうこうするより、リュカ団長ならもっと他に効果的で簡単な手段を取りそうだと思いました。エマリーは裕福な商家出身で、ご家族は彼女に何かあれば黙っていないでしょう。私の両親は遠方に住んでいます。手を下すにも、お忙しい貴方にとって現実的じゃないですよね。他の懇意にしている知り合いでは、脅迫材料として弱くありませんか？」

勿論、誰が傷つけられてもレノは嫌だ。しかしそれこそ『労力と成果が釣り合わない』。無駄を厭うリュカなら、選ばない手段なのではないだろうか。

「意外に考えているな」

「先日は突然言われたので怯えてしまいましたが、日数が経ったら落ち着いて考えられるようになりました。それで、怖気づいているだけでは駄目だと、思い直したんです」

夜の濃密で淫靡な空気と、明るい日差しの下という差もあるかもしれない。抱かれた直後とは違い、今は疲労感で思考も鈍っていなかった。

おかげで、この前よりは冷静かつ強気に話の主導権を握れた気がする。

「……へぇ」

「ひとまずお店に入りませんか？　昼休憩が終わってしまいます」

「……そうだな」

昼間の陽光にリュカの金の髪が眩しく映える。水色の瞳も、暗い翳《かげ》りを帯びてはいなかった。

――思った通り、冷静に話せばリュカ団長は一応耳を傾けてくれる。言葉が通じないわけではない。こういう時間を積み重ねていけば、いずれ分かり合えるに違いないわ。

期待が込み上げる。そしてこの日、偶然の流れで共に食事をとることになった二人だが、これが最初で最後にはならなかった。

何故なら、その後もレノが彼に誘われることになったからである。

あくまでも『たまたま』。さりげなくそういう流れになっただけ――という建前で、いつしか頻度は増えていった。

これまでなら職務中に顔を合わせることは稀《まれ》だったのに、急にそんな偶然が爆増するはずはない。つまりは意図的に機会を作られたと思って間違いない。

しかし立場上、レノには断れないのである。

勿論、夜の呼び出しも相変わらず。リュカの望む時に、望むだけ。彼の本心は不明なまま、レノとの仲は歪《いびつ》に深まっていった。

「――あんた、最近リュカ団長と個人的に親密なんだって？」

「ごっふ……っ」

とある夕刻。宿舎の食堂でエマリーと向かい合って夕食を食べていたら、いきなり爆弾を投げ込まれた。

危うく鼻から麺類が飛び出しかける。レノはグラスに注がれた水を一気に飲み干した。

「な、な、何て？」

「最近どこもかしこもその噂で持ち切りよ。一度ならまだしも、何度も二人で昼食に行ったそうじゃない。今までリュカ団長は『打ち合わせ』や『視察』っていう正当な理由がないと、他人と外食はしなかったのに。それが向こうから特定の女騎士を誘うなんて、前代《ぜんだい》未聞《みもん》よ」

「あわわわ……」

恐れていたことが起きてしまった。できるだけ、彼に声をかけられてもコソコソと行動していたのに、無駄な努力に終わったらしい。

――まぁ、そりゃそうよね……隠しきれるはずがない。

こうなることは予測できた。返《かえ》す返《がえ》すも、迂闊な行動をしたリュカが憎らしい。今後、噂が暴走して大きくなったら、どうしてくれるのだ。

「あ……はは。私、庶民代表みたいなところがあるじゃない？　平民の生活にリュカ団長は興味をお持ちみたい」

「ええ？　だけど大丈夫？　あの方を狙う女は多いわよ。貴族だって、どうにかして婿に迎えたいと目論んでいる家門《かもん》は多いんだから」

「や……私たちはそういう関係ではないし……」

「あんた、悠長《ゆうちょう》なこと言っていたら、痛い目見るわよ。レノがそう思っていても、勘違いで嫉妬されたら、面倒じゃない」

エマリーの心配も分からなくはない。しかし、レノは口を尖《とが》らせるに留めた。

「そう言われても……実際、そういう関係じゃないもの」

嘘はついていない。別の深い関係ではあるが、『恋人』ではないのだ。

「んん……リュカ団長とレノが交際するとは思えないけどさぁ……」

「そう言われると腹立たしいな。――――事実だけど」

人には絶対言えない秘密を抱え、レノは秘かに傷ついた。ただし胸が痛んだ理由には、あえて目を向けない。

「……エマリー、人の噂なんて飽きたらそのうち消えるでしょ。どうせこれ以上膨らましようのない内容だし」

現実は、たまに昼食を共にするだけ。それも『偶然』。大きな秘め事の全ては、未だ闇の中。周到《しゅうとう》なリュカが漏らさない限りは、誰にも知られるはずがないのだ。

「ところがどっこい、そうもいかないのよ。果敢にもリュカ団長にレノとの関係を直接問いただしたお嬢さんがいたんだけど、団長は否定も肯定もしなかったそうよ。もっともこれはそのお嬢さんの矜持に関わることだから、内密にしてね」

「内密も何も、エマリーが喋っちゃったじゃない……本当に情報通ね」

「レノならべらべら言いふらさないと信用してのことよ」

信用してもらえるのはありがたいが、今聞いた話で頭が痛くなってきた。

――リュカ団長ったら、いったい何を考えているの……っ
結婚を迫る女性が鬱陶しいという話をかってしていたから、レノを女除けにしたいのだろうか。迷惑な話である。それならそれで、予告の一つもしてほしかった。こちらにだって、都合があるのだ。

――注目されたら、色々困るのはお互い様じゃないの？

私の寿命を何度縮めるつもりだと心の中で悪態《あくたい》をつき、レノは最後の一口を咀嚼した。

その時。

「――レノ、ここいいかな」

「ぁ、はい。どうぞ……トニィさん！　戻っていらしたんですね！」

「ああ、さっき。王都はやっぱり賑やかだな」

この時間帯、宿舎の食堂は混んでいる。男女共用なので、かなりの人数が利用するためだ。相席を願い出てきたのは、同じ年に騎士になった二つ年上の同僚だった。

「久しぶりねぇ、トニィ。遠征に行っていたんだっけ？」

当然、エマリーも同期である。ただし年齢差を気にするレノと違い、彼女は砕《くだ》けた様子で手を振った。

「ああ。エマリーも元気そうでよかった」

「そりゃ私たちはトニィみたいに将来の幹部候補として厳しく鍛えられていないもの。期待されるのも大変よね。きつい任務を割り振られて」

「やりがいはあるよ。辛い時もあるけど、俺は騎士になって本当によかった」

好青年であるトニィは、疲労感を滲ませつつも微笑んだ。えくぼができ、彼を人懐こく見せる。

家柄がいい貴族の子息で誰に対しても気さくなトニィは、リュカ団長ほどではなくても男女問わず人気がある。

それに二年目ながらあっという間に頭角《とうかく》を現し、今では難しい任務に駆り出されることも少なくなかった。将来有望な若手騎士である。

彼の柔らかな茶の髪と同じ色の瞳が、ささくれ立っていたレノの心を和ませてくれた。

「……そう、ですよね。この仕事は尊いものだもの。小さなことでへこんでいては、駄目ですよね」

レノの隣に腰掛けたトニィの言葉に、勇気をもらえた気がする。初心忘るべからず。自分が何のために葛藤《かっとう》しながらも頑張っているのか、思い出せた。

「……何か悩みがあるのか？　レノ」

「いえ、悩みと言うか……」

真実は、話せない。強盗犯の死から始まる一連の出来事がどれほどレノの心に重くのしかかっていてもだ。大切な友人だからこそ、言えないこともある。

「そ、それより遠征中の話を聞かせてください！　今回は北部へ行かれたんですよね？」

「ああ。こちらでは滅多に降らない雪が、人の身長よりも高く積もっていた。動物も珍しい種類ばかりで、毛皮は白が多かったよ」

「植物も別物なんでしょうね」

「見たこともない木が生えていた。そこに氷の粒が付着して、幻想的だったな」

レノが話題を強引に変えたが、エマリーも興味をひかれたらしく、トニィの話に食いついている。

どうにか話を逸らせたと、人知れず息をついたのだが。

「――で？　レノは何を悩んでいるの？　同期のよしみで相談に乗るよ」

「え……」

良くも悪くも善人なトニィが心配そうにこちらを見つめてくる。せっかくごまかした話題は、至極あっさり軌道修正された。

「あの……それは……」

「彼女、リュカ団長と噂になり始めていて、気にしているのよ」

「ああ、その件なら俺も聞いた」

「えっ、遠征から戻ったばかりのトニィさんの耳にまで入っているんですか……っ？」

だとしたら大ごとだ。一瞬レノの意識が遠退きかけた。

「眉唾《まゆつば》だと思ったが、本当なのか？」

「昼食を一緒にいただいたのは本当ですが、偶然！　たまたま！　その場にいたから同行しただけです。特別なことは何もありませんよ」

表向きは。

基本正直者のレノに、嘘をつくのは難しい。罪悪感で、胃がキリキリする。口を噤むのと能動的に偽《いつわ》りを述べるのとは似て非なる苦痛だった。

「そこまで必死にならなくても。――でも、まぁレノとリュカ団長はあまり接点や共通点もないし、合わなそうだなぁ」

「です、よね」

――あの人が私に求めているのは『使い勝手のいい玩具』としての働き……女性として見られているのとは違う……きっと私を同じ人間と思っていないから、噂になっても気にならないんだわ……

肯定しつつ、チクリと胸の内側が痛いのは何故なのか。よく分からないまま、レノは「私があの方と特別な関係になるなんて、絶対にあり得ません」と高らかに宣言した。

「何よ、あんたリュカ団長を尊敬しているじゃない」

「……それはそれ。これはこれ」

「人間として尊敬していても、恋愛対象ではないってこと？」

トニィが朗《ほが》らかに笑う。前のめりに同意しようとしたレノはしかし、直後に硬直《こうちょく》した。

「――興味深い話をしているね」

トニィの背後に立った男が、美しく微笑む。その笑顔は完璧としか言えない。ただし、目が笑っていないことを、レノはもう知っていた。

「リュカ団長……っ」

「あ、ご挨拶いたします」

立ち上がって礼を取ろうとしたトニィを手で制し、リュカは笑みを深めた。唇は美麗な弧を描いている。細められた双眸には、冷たい光がちらついていた。

「レノ、先日の件で確認したいことがあるから、一緒に来てくれないか」

「わ、私がですか？」

「他に誰がいる？」

穏やかな口調の中に、珍しく苛立ちが感じられる。いつもは完全に隠されているリュカの裏の顔が覗いてしまいそうで、レノは慌てて席を立った。

「食器は私が片づけておくよ」

何も知らないエマリーがそう言ってくれたので、レノはありがたくお願いした。

食堂にいるほぼ全員の視線が集中している気もする。そんな落ち着かない中でも、リュカは悠然としていた。

——でも……何か不機嫌になっている……？

彼の地雷《じらい》がどこにあるのか、未だレノには把握しきれていない。たった今の会話を反芻《はんすう》したが、リュカを怒らせる内容ではなかったはず。

しかし歩き出した彼を追う形で、レノは食堂を小走りで後にした。

その背中が刺々《とげとげ》しい。

やがていつも二人が合図に使っている、紐を結ぶ大木の下までやってきた。

今夜もそこにひと気はない。そのことにホッとしつつ、緊張感が拭えないのは、リュカが放つ重苦しい空気のせいに他ならなかった。

――いったい、何なの……あんな風に連れ出されたら、余計に噂の収拾がつかなくなりそう。

きっと今頃、好き勝手なことを言われている。どう言い訳しようと、レノが嘆息した時。

「――彼と随分仲がいいんだね」

「え……トニィさんのことですか？　それは、選抜試験を共に通過した同期ですから……」

特別な連帯感はある。しかしそれだけではなく、いわば底辺出身のレノでも分け隔《へだ》てなく接してくれる相手は貴重なのだ。

矜持が高い貴族階級出身者は、平民を歯牙《しが》にかけない者もいる。あからさまに差別や嫌がらせを仕掛けてこなくても、『関わらない』選択をするのは、あちらの自由だ。

だからこそ、懇意にしてくれる友人は貴重だった。

「……彼の優秀さは、僕の耳にも届いている」

「はい、トニィさんはすごいんです。騎士を目指した年齢は遅いのに、剣を手にしてすぐ才能を発揮したんですもの」

彼もまた、レノの憧れの対象だ。そんな人が、やはり尊敬の対象であるリュカに認められ、嬉しくなる。笑顔でレノは頷いた。

「家柄を鼻にかけることなく、性格は気さくで親切なんです。私にもよく声をかけてくれます。子どもや老人にも優しいから、王都でも人気があるんですよ」

きっと彼は出世するだろう。レノは無邪気《むじゃき》に満面の笑みでトニィを褒め称えた。

「今回の遠征に抜擢されたのも――」

「煩い」

突然、ガンッとリュカが木の幹を叩いた。

そんな粗暴《そぼう》な仕草は彼らしくない。太い幹が振動している。よほど強い力で殴りつけたに違いなかった。

「な、何しているんですか。手は大丈夫ですか？」

激しい怒気《どき》が木を震わせている。木肌は少し剥がれており、レノは慌ててリュカの手を確認した。

「ほ、骨は折れていないようですね？」

「へぇ。心配するんだ。君にとって僕は目障りな人間だろうに。それも万人に平等であろうとする正義感？」

棘のある言い方だ。馬鹿にされている匂いを感じ、レノは彼を見つめた。

今までも何度か嘲られたことはある。だが今日は何か違う。根底に、もっと別の憤《いきどお》りめいたものが隠されている心地がした。

「……私に何かおっしゃりたいことがあるんですか？」

「別に。ただ随分楽しそうに騒いでいたから、耳障りだっただけだ」

「煩いほど騒いでいませんよ」

食堂の喧騒《けんそう》に紛れ、よくある程度の声量で会話していただけだ。席を長時間占領《せんりょう》していたのでもない。咎められる謂《いわ》れはなかった。

「私、リュカ団長を不快にさせる真似をしましたか？　心当たりがないです。でも私が悪かったのなら、謝ります。理由を教えてください」

「……」

顔を背けた彼は彫像《ちょうぞう》のように無表情だ。水色の瞳は陰鬱に虚空《こくう》を見つめている。

レノの声が聞こえていないはずはないのに、リュカはいつまで経っても沈黙を貫いていた。

「……ちゃんと言葉にしてくださらないと、分かりません。ただでさえ私たちは考え方が違います。それとも、やっぱり私に非はありませんか？　だったら、もう戻らせていただきます」

このままここに留まっても埒《らち》が明かない。

リュカの虫の居所《いどころ》が悪かったのだと、レノは強引に自分を納得させた。その裏で、自分たちが分かり合うのはやはり難しいのかもしれないと迷いが生じる。

――全部、裏目に出るみたい。私にとってはごく当たり前の行動でも、リュカ団長には不愉快に捉えられ、私もそんな彼がまるで理解できない。

感覚や常識が違う。何がリュカを苛立たせているのか、微塵も分からない。互いに共感ができないのだ。こんな心境では余計に軋轢が生まれるだけ。少し離れた方がきっといい。冷静になるためにも。

徒労感《とろうかん》を持て余し、レノは頭を下げた。

「……失礼します」

「――っ、あんな顔、僕の前で見せたことがない。エマリー女史と一緒にいる時とも違っていた」

踵を返したレノの背に、吐き捨てる勢いで声がかけられた。苛立ちながらも焦った声音は、明らかにレノを引き留めたがっている。

思わず振り返ってしまったのは不可抗力《ふかこうりょく》だった。

「え、顔？」

「寛いでいて、楽しそうだった。それに、くるくる表情が変わって――あの男が同席していたからか？」

予想もしていなかったことを言われ、レノの思考が停止した。意味が分からず何度も頭の中で反芻する。

そして段々、彼の言いたいことが伝わってきた。

――え……それって……トニィさんへの……嫉妬？

まさかと、瞬時に心が否定する。リュカはそういう普通の尺度《しゃくど》で測れる人ではないし、一般的な感覚も持ち合わせていない。

しかし同じ強さで湧き上がる歓喜があった。

――私がトニィさんと楽しそうに話していたことが、面白くなかったの……？

だとしたら、その理由は。

気に入りの玩具に他人が触れそうで嫌だったのか。けれど、基本男性の人数が圧倒的に多い騎士団において、男と関わらずに一日を終えることは不可能に近い。

喧嘩やなんだと揉め事を起こす犯人も大半が男性だ。

これまでだって、レノの周りに異性はいた。にも拘らず、リュカはトニィに対してだけ過剰な反応を示したことになる。

――期待しちゃ、駄目。でも……リュカ団長にも人並の感覚があって、多少は私に執着心があるとしたら……

取られたくないと思う程度に。

それは恋愛感情なんて甘いものではなく、単純な支配欲かもしれない。一度手をつけたものが奪われそうになると惜しくなっただけの、子どもじみた独占欲の可能性も。

けれど、これまで何物にも強い関心を示さなかった彼が初めて見せてくれた顔なのは、確かだった。

「わ、私とトニィさんは、リュカ団長が考えているような仲ではありません」

「僕の考えているって、どういう意味だ」

苛立ちを処理できないのか、彼が珍しく論理的でない物言いをした。金の髪を乱雑《らんざつ》に掻き上げ、険《けわ》しい顔をしている。

以前のレノなら、リュカのそんな様子に怖気づいたかもしれない。しかし今は、作り物の笑顔や無表情よりずっといいと思えた。

少なくとも人間味がある。今なら本当の意味で言葉が届くのではないかと希望が擡げた。

「――何で笑っている」

「え」

自身の口角が上がっていると気づいておらず、レノは指摘され慌てて表情を引き締めた。

だが、勝手に口元が綻《ほころ》ぶ。その原因は、自分でもよく分からなかった。

「す、すみません。あれ？　何でだろう……」

「面白くないな。全く理解できない」

「私もです」

何故ニヤついてしまうのか。答えは曖昧。それでも数分前までやすりで削られている気分だった心が、随分穏やかになっていた。

「その顔はやめろ」

「無茶言わないでください……ぁっ」

二十一年間、この顔で生きてきたのだ。交換はできない――そう告げようとしたレノは、頬を掴まれ深く口づけられた。

リュカの舌が口内に入ってきて、荒っぽく舌を誘い出される。おずおずと自らも差し出せば、淫靡に粘膜《ねんまく》が絡められた。

「……んっ……」

彼の部屋以外で、こんな行為に及んだのは初めて。外気を感じ月明かりに照らされる中、秘密の口づけを交わすのは背徳感があった。

大木が風に吹かれて枝を揺らす。葉擦れが、二人の様子を目撃して騒めいているみたいだ。

だがそういう音も感覚も、全て意識の外へ追いやられた。

レノが感じ取れるのは、リュカがくれるもののみ。腰を抱き寄せてくる力強い腕。頬を摑む手の熱さ。吐息の乱れと口中の舌の動き。

それが、全部だった。

「は……ふ……」

唇を食まれ、舌先で歯列《しれつ》を辿られる。混ざった唾液は嚥下《えんげ》しきれず、口の端から伝い落ちた。

頬から移動した彼の手に耳を撫でられ、こそばゆいのに気持ちがいい。耳朶を揉んでいた指先は、そこからゆっくりレノの首筋を下りていった。

「……ん、ぅ……」

ゾクゾクする。いつもの官能を引き出すための前戯《ぜんぎ》とは何かが違う。

もっと慎重に扱われているような、愛でられているような心地になった。

――何だろう……激しさはないのに、すごく身体が熱くなる……っ
一つずつ丁寧に植えつけられる悦楽の種。全身にもどかしい焔が灯されてゆく。

ぼんやりとした頭では抗えず、レノはされるがままリュカに身を任せた。

行為は接吻《せっぷん》のみ。それが、とてつもない恍惚を呼ぶ。

後頭部をゆったり撫でられ、うなじを弄られれば、合わせた唇の狭間から淫蕩な吐息が漏れた。掠れた音は耳に届いた瞬間、媚薬に変わる。よりレノを昂らせ、背筋を戦慄かせずにはいられなかった。

「……ふ、ぁ……っ、んん……ッ」

時折唇を解いては、鼻や額同士が擦りつけられ、息を継いだ直後に再び濃密なキスを施される。呼吸は間に合っているはずでも、眩暈がした。

深酒《ふかざけ》をした時よりも酔っている。いや、酔わされている。

淫らな空気と妙に熱心な口づけで、レノはすっかり全身が虚脱した。今や、大木とリュカに挟まれることで、どうにか立っていられる。もし彼が身体を僅かでも引けば、すぐにくずおれるに決まっていた。

じんわりと体内が火照り、卑猥な欲望が込み上げる。『抱いてほしい』と感じた自分に、誰よりも驚いたのは、レノ自身だった。

——私は、何を馬鹿なことを……万が一人に見られたらどうするの。それに長い時間私が宿舎に戻らなかったらエマリーたちが心配するし、噂が過熱しかねない……！

必死に理性を掻き集め、衝動を散らした。唇を解き深呼吸を数回。

レノが落ち着きを取り戻す間にリュカも冷静になったのか、彼がゆっくり身体を離す。二人の間に隙間ができ、ほんの少し寂しいと感じたのは、レノだけの秘密だ。

「……っ」

濡れたリュカの唇を、とても直視できない。さらにいやらしい行為をもう何度も繰り返していても、不思議と今夜は別格だった。

狼狽してさまよわせた視線の先に、白い花が映る。誰にも顧《かえり》みられないこの大木が、こんなに可愛らしい小花をつけるなんてレノは知らなかった。

たぶん、宿舎に住んでいる大半の者も同じだ。人知れずひっそり、毎年咲いていたのかもしれない。誰にも見つけられなくても、気にすることなく。

――見えなくても、ここにある。

レノが白い花を見つめていることに気づいたのか、彼も同じように枝に視線をやっていた。だが、あまり興味はないらしい。冷めた眼差しは、先刻までの苛烈な怒りを孕んではいなかった。

「……いい香りがします」

「へぇ。僕には全く分からない」

「清涼感があって……少しだけ、リュカ団長の香りに似ています」

甘さよりもすっきりとした淡《あわ》い香りが、どこか彼を思わせた。

「僕の？」

「ええ。人にはそれぞれ匂いがあります。あ、臭いとかそういうことではなく……私は、この花の香りがとても好きです。嗅いでいると、落ち着きます」

これは本音だ。とても心が凪いでゆく。それが彼の匂いに似ているからかどうかは不明だが、レノにとって白い花の芳香は好ましかった。

「……へぇ」

短くそれだけ言って、リュカが小花を引き寄せる。一度鼻から深く息を吸い込んだようだが、微かに目を細めただけで、枝を振り払った。

「――――何も感じない」

「でも……私は好きです」

改めて『好き』だと繰り返したのは、無意識。自分でも理由は説明できない。だが、しっかりと彼の目を見て告げた。

「……人にはそれぞれ匂いがあると言っていたな。だったら、君にもあるのか？」

「あると思いますが、自分の匂いは案外分からないものなんですよ。く、臭くないと信じていますが」

時折、体臭がキツイ人間もいることは否定できない。しかし自分は大丈夫なはずだ。これまで誰にも指摘されたことはないし、顔を顰められたり、避けられたりしたこともないのだから。

「ふぅん……嗅ぐことができなくて、残念だ。今まで特に不自由は感じていなかったが、その点だけは悔やまれるな」

「わ、私の匂いなんて、嗅いでもいいことはありませんよ……っ？」

「それは僕が決める。――……初めて、傷を負ったことがとても恨《うら》めしくなった。これまでは報復《ほうふく》するほどではないと思ってきたが、そうなると話が違ってくるな……」

リュカの呟きが不穏さを増す。

けれどレノが気にかかったのは、『報復』に込められた意味だった。

「リュカ団長が怪我をしたのは、誰かのせいだったのですか……っ？」

「ああ……」

「あ、おっしゃりたくないのであれば、無理に聞きません」

曖昧に濁す物言いをした彼から、無理やり聞き出す真似はしたくない。それはレノの正義に反する。どんなに気になってもだ。

「……いや、どうしてかな。レノには聞いてほしい。誰にも話したことがないのに、何故だろう」

ドキッと胸が高鳴った。

今夜は色々なことがいつもと違う。もしくは、少しずつ積み上がった変化が、ここにきて目に見えるようになったのかもしれない。

そんな気がして、レノはリュカをそっと見つめた。

「……私でよければ……聞かせてください」

「……僕が生まれたのはグロスター伯爵家だ。だが、一度もあの家を実家だと思ったことはないし、血の繋がりがあっても彼らを家族だと感じたことはない」

雲が月を遮る。いつかの夜と同じ。

ただ、あの惨劇《さんげき》の一夜と違うのは、立ち込める空気が血の匂いを孕んでいないことだった。

漂うのは、白く清涼感のある花の香り。澄んだ空気が二人の間にあった。

「え……ご、ご家族仲が良くなかったのですか？」

「書類上、僕は正妻《せいさい》の産んだ第二子ということになっているが、実際は違う。『父』が使用人に手をつけて産ませた子だ」

「……っ」

貴族社会では珍しくない話なのかもしれない。けれどごく普通の一般家庭、それも仲睦まじい家に生まれ育ったレノには、充分驚愕《きょうがく》の事実だった。

「……だから、『母親』が僕を憎み罵《ののし》って手を上げるのは仕方ない。こちらも親の愛情なんて端から期待しちゃいなかった。死なない程度に養育し、放っておいてくれたら満足していたのに――『父親』まで暴力をふるってくるのには、納得できなかったな。もとはと言えば、自分が蒔《ま》いた種だ。ははっ、文字通り種だな」

リュカはさも楽しげに笑い声を上げたが、レノはちっともおかしくなかった。勿論一緒になって笑う気にはなれない。むしろ、どうしようもなく泣きたくなっていた。

――この方は……ご自分が受けた仕打ちが理不尽だとは、気づいていないんだ……しょうがないと、ある程度受け入れてしまっている。期待など欠片もしていない。

幼子が生きるため、痛めつけられることと衣食住を提供されることの帳尻《ちょうじり》が合っていると思っているらしい。

――そんなわけがないのに。

「両親がそんなだからか、『兄』も調子に乗って好き勝手するようになった。陰でやり返しはしたが、埒が明かない。さりとて十にもならない子どもが一人で生きていく術はない。

結局僕は、息を潜めて成長するまでやり過ごす方が得策だと判断した」

　致命的な傷を負わないよう気をつけていればいい。そう語った彼の双眸は底なし沼に似た澱みを宿していた。

　国内でも有数の貴族であるグロスター伯爵家の中で、そんなに醜いことが罷り通っていたなんて。

　とても信じたくない。だが、リュカが嘘をついている様子はない。つまり全て真実なのだろう。

　胸が軋み、苦しくて堪らない。過去の出来事を聞いているだけのレノですら、こんなにも辛いのだ。当事者であった彼の苦しみは如何ばかりだったことか。しかし、リュカにはそれが『分からない』のだ。

「でも年々体罰は苛烈になる。『母親』はおそらく精神に変調《へんちょう》をきたしていたんだろう。ある日、火掻き棒で殴りかかってきた。背後からだから、避ける暇もなかったよ。当時はまだ、殺気を感じられるほど鍛えてはいなかったし、完全に隙を突かれた」

　彼がさりげなく触れた後頭部が、殴られた場所なのか。煌めく黄金の髪は優美で、傷跡はまるで窺えない。それでも――見えなくてもそこにあるのだとレノは思った。

「ひと月近く寝たきりになったし、一週間は生死の境《さかい》をさまよった。『両親』はきっと、あのまま僕が死ぬことを期待していたかもしれないね。職務倫理に忠実な医師がいたこと、僕の体力と治癒力《ちゆりょく》が並外れていたのが、計算外だったんだろう」

まるで他人事だ。強い憎しみや怒気はそこにない。逆に「これを機に、回復後は家を出され騎士団見習いに放り込まれたから、幸運だった」とまで宣う。

あまりにもレノには理解できない考え方と価値観。それが、とてつもなく悲しかった。

「あのままグロスター伯爵家にいれば、いずれまた命の危険があっただろうし、飼い殺しにされるだけだ。だったら騎士団で居場所を作り、自らの身を守れる力を得られたのは、恵まれていた」

「それは、結果論です。リュカ団長はもっと、怒ってもいいんですよ……！」

「あの家は莫大《ばくだい》な財力と権力を有している。没落させるのは骨が折れる作業だ。そこにかける労力と時間がもったいない。だがレノの匂いを嗅ぎ取れなくされたと思うと、復讐《ふくしゅう》の一つもしたくなってきたな」

「何を言っているんですか。傷つけられたこと自体に憤慨《ふんがい》してくださいよ……！」

微妙に噛み合わない会話でも、僅かに彼の内面に触れられた気がした。

遠く隔たって、相手の岸辺《きしべ》も見えない気分だったのに、今は対岸で向かい合うくらいはできている錯覚がある。

それなら、いつかは手を伸ばせば届くのではないか。リュカの根幹の部分に。

「腹を立てるのは、割に合わない。思考が鈍る。やり返すのでもなければ、存在自体無視した方が得策だ」

「それでも、私が悔しいです……っ、貴方がひどい目に遭って、癒えない傷を負ったのに、相手はきちんと謝ったんですか？」

「まさか。そんな『事件』は存在しないことになっている。僕は足を滑らせて階段から落ちたとされたみたいだ。彼らが覚えているかどうかも怪しいな。人は都合の悪いことはすぐ忘れる。近頃は『家のために政略結婚しろ、我が家の役に立てて嬉しいだろう』と連絡を寄越すくらいだ」

おそらく、グロスター伯爵家は気にも留めていない。

放逐《ほうちく》した次男の近況など露《つゆ》ほどの興味もないのではないか。

ただ『英雄』と崇められ、『家の恥』にならずにいてくれれば、生死すらどうでもいいのだ。彼の功績を誇りつつも、本当の意味で家族とはみなしていないから。

役に立つ駒《こま》。その程度の認識だと、レノにも察せられた。

「……リュカ団長をお産みになったお母様は……？」

「さぁ？　会ったこともなければ、顔も知らない。聞いた話では、生まれた僕を取り上げられた後、着《き》の身着《みき》のまま追い出されたらしい。その後、病を得て亡くなったとか。どこまでが真実かは分からないが、まぁ生きてはいないだろうな。僕の書類上の『母親』は、かなり嫉妬深い方だから」

まるで興味のない話をするかのように。

実際彼にとっては実母の記憶がなく、一般的な『母親』がどういったものか知らないため、突き放した言い方しかできないのかもしれない。

それが、レノの胸を深く抉った。

――悲しみ方も……悲しい気持ちも、この方は教えてもらっていないんだ……

人間ならば、当たり前に生じる感情。

けれどそれをまともに育める環境になかったら、人は歪まずにいるのは難しい。もとより存在することすら知らないものを、リュカにどう伝えればいいのか。

彼をそんな風にした人たちがいる事実が、レノに耐え難い痛みをもたらした。

「ひどい……許せません……」

「――何故、君が泣くんだ」

言われて初めて、レノは自分の頬が濡れていることに思い至った。

喉が震えて、鼻の奥が痛い。声は震え、みっともなくしゃくりあげてしまった。

「……っ、だってとても悲しいです」

「他人のことなのに？　それも全て終わったことだ」

「人は、他者の痛みに共感して、憐れみを抱くことができるんです……っ」

「僕はそんなこと一度もない。――自分の痛みだって、治まれば忘れる。不快にさせられたら、反撃することもあるが」

冷ややかな言葉を吐きながら、リュカが困惑気味にレノの肩を抱いた。

彼が理解できないなりに、こちらへ歩み寄ろうとしているのを感じる。少なくとも、レノを泣き止ませようとしているのか、温もりを分けてくれた。

――私がそう思い込みたいだけかもしれないけど……背中を摩ってくれる手は、優しい。

つい寄り掛かりたくなるくらいには。

「――同情されるのは不愉快だ。見下されている気分になる」

「ご、ごめんなさい」

「だが、レノが僕のために泣いてくれているのは、何となく分かる。――それは、悪くない」

抱きしめられたせいで、リュカがどんな顔をしているのかは見えなかった。

落ち着いた心音は、いつも通り。声も平板なまま。

だから、最近見慣れた無表情なのかもしれない。それでも――真心を感じ取ったのは、自分の願望にすぎないのか――レノには判断できなかった。

「……君と関わると、僕は知らなかった感覚に触れられる。それも大抵、不快ではなく興味深いものだ」

「それは、褒められているのでしょうか？　それとも珍獣扱い……？」

「……多少苛立つことがあっても、排除しないでおこうと思う程度には、気に入っている」

答えのようで、答えじゃない。だが、ある意味レノが欲しい言葉でもあった。

「……人間を簡単に『排除』しては駄目です」

「――それは約束できない」

返答にやや間があっただけで、今日のところはよしとしよう。ごく僅かでも彼の心の琴《きん》線《せん》に触れられたなら、御の字だ。

「……今夜は、帰る」

今日は紐が結ばれていなかった。故に『呼び出し』はされていない。トニィたちが遠征から帰ったのなら、団長であるリュカは報告だ何だと忙しいに決まっていた。

――あの部屋に行かないのを、残念に感じる日がくるなんて……

この複雑な気持ちはどこからきてどこへ行くのか。

彼の感情の機微《きび》に触れたことと、辛い幼少時代の話を聞いたことで、感傷的になっているのかもしれない。

一時的にリュカへの想いが膨らんで、もう少し一緒にいたいと願ってしまっていた。

そんな愚かな気持ちを持て余し、レノは静かに顎を引く。離れていく熱に縋りつかないよう、全力で己を律《りっ》した。

「私も……もう戻ります」

「ああ」

「今日は、私がリュカ団長を見送りますね」

少しだけ驚いた顔をした彼に手を振る。瞳を揺らしたリュカは何とも言えない表情で手を振り返してきた。

「おやすみなさい」

「……ああ。おやすみ」

同じ夜を何度も過ごしたのにこういう挨拶をしたのは、これが初めて。不思議と擽ったくて、レノは自然と笑みがこぼれた。

――このまま……穏やかな時間が続いたらいい。そうしたらリュカ団長だって、いつかは……

一度は折れかけた心に、再び希望の灯《ひ》が点《とも》る。やはり諦めたくない。

あと少しだけ頑張ってみようと、レノは己を奮い立たせた。

――大丈夫。人は、根っからの悪人じゃない。必ず、純粋な部分が残っている。リュカ団長の生い立ちは哀れだ。そのせいで今は彼本来の優しさが隠れてしまっているだけ。きっと取り戻すことはできる。だってあの方は完全に理解不能なんかじゃない。ちゃんと人間らしい部分を持っているもの。

無垢な気持ちで未来に思いを馳せ、宿舎に戻る足取りは軽かった。

まさかその数日後、レノは『自分が他人を変えられる』という傲慢な思い込みをへし折られるとは、思いもせず。

溝河《どぶがわ》に身元不明の死体が浮くのは、年に数回ある。

ただし犠牲者の身なりがぼろ布ではなく如何にも貴族のいでたちであれば、話は別だ。

普段なら簡単な検分《けんぶん》で終わる捜査も、入念に進められた。

結果、判明した事実はしばらく社交界を騒がせることとなったのである。

被害者の名はユリアンナ。ラヴィン伯爵家の令嬢。死後、少なくとも三日。

素行《そこう》は褒められたものではなく、我が儘と意地の悪さで有名だったらしい。親の権力と地位を笠《かさ》に着て、あちこちでやりたい放題だったそうだ。

屋敷に帰らず思いつきで別荘や友人宅に泊まることもあったようで、そのため行方不明であることが露見するのに数日を要した。

そんな彼女が最近ご執心《しゅうしん》だったのが、誉れ高き騎士団の団長であるリュカ。

自分の婿になるのは彼しかいないと周囲には喧伝《けんでん》して回っていた。ことある毎にリュカに憧れる他の女性陣を威嚇し、時には裏で足を引っ張ることに余念がなかったとも言う。

さらには怒濤《どとう》の贈り物攻撃を彼に仕掛けていた。

大半の場合やんわりと受け取りを拒否するリュカが、自分からのプレゼントは必ず受け取ってくれると言いふらしていたのは有名な話だ。

そんな彼女が、死んだ。

しかも貴族令嬢が到底立ち入らない、貧民街の傍を流れる汚い河で。

検視の結果は溺死《できし》。よからぬ薬を常用《じょうよう》していた痕跡《こんせき》もあった。

このことから、足を滑らせたのではないかと早々に結論づけられたのは、伯爵家が醜聞《しゅうぶん》を隠すためでもある。

悲しい事故として捜査は終了を言い渡された。勿論、薬云々には箝口令《かんこうれい》が敷《し》かれ、ユリアンナが何故一人で真夜中にそんな場所をうろついていたのかに関しては、深く追究されないことが決定した。臭いものには蓋《ふた》をする。どこにでもある話だ。

レノだって、上の決定には従わざるを得ない。それに死者の秘密を暴く真似もしたくはなかった。

どう取り繕っても、ユリアンナが数年前から薬に溺れていた事実は消えない。証拠も沢山ある。

ならば娘の死で深く傷つき悲しんでいる家族に、これ以上追い打ちをかけることもあるまい。——そう、思っていた。彼女が死んだとされる日、リュカがユリアンナと会っていたと知るまでは。

「——……今、何とおっしゃいましたか？」

「彼女につきまとうのはいい加減にしてほしいと遠回しに伝えた。贈り物も迷惑だと。だが迂遠《うえん》な言い方をしたせいで、伝わらなかったらしい。あの夜、何を思ったのか、夜警中《やけいちゅう》にユリアンナが現れたんだ。貴族の令嬢が護衛もつけず一人で出歩くなんて、正気の沙汰じゃないな。案の定、薬でおかしくなっていたわけだが」

ドクンッとレノの心臓が嫌な音を立てた。汗がじんわりと滲む。

この話の続きを聞きたくないと本能が叫ぶ。だが、耳を塞ぐこともできず、リュカを凝視することしかできなかった。

レノが彼の部屋に呼び出されたいつも通りの夜。何故ユリアンナの話題が出たのかは覚えていない。ただ彼は微塵も痛痒《つうよう》や焦りを感じさせない口調で語り出した。

「面倒だったが、僕は屋敷まで送り届けると申し出た。勿論、この際ユリアンナの父親である伯爵に恩を売り、釘を刺すつもりでね。あちらだって、嫁入り前の娘が男を追って夜中に出歩いているなんて、外聞が悪いに決まっている。だが――彼女は僕の想像より遥かに愚かだったらしい」

「どういうこと……ですか」

いつかの香水の香りが、妙に甘ったるく鼻腔によみがえった。これは幻臭《げんしゅう》だとレノにも分かっている。

同時に頭の片隅で、『あの香水瓶の送り主は、ユリアンナ伯爵令嬢だったのか』と直感が働いた。おそらく、部屋の片隅に山積みされていた箱の大半も。

「あの女は、どういう思考回路をしているのか、僕を脅してきた。父親には、『僕に呼び出され、夜を共に過ごした』と言うとね。笑ってしまうくらいガバガバの脅迫だよ。そんな穴だらけでおかしな言い分が、罷り通るはずがないのに」

口が上手く人の心を操ることに長け、策を弄する才能があるリュカにしてみれば、世間知らずの令嬢の癇癪《かんしゃく》程度にしか思わなかったらしい。

呆れて思わず絶句した、と彼は嘲笑った。その上で、これまでになく不快感を抱いたと。長い間穏便に済ませ、今後も波風《なみかぜ》を立てないよう距離を保つつもりだったのに、あの瞬間リュカの中でユリアンナへの嫌悪感が許容値《きょようち》を超えたのだ。

レノは知っている。邪魔者として敵を認定した彼が次にとる行動は一つだけだ。

「ま、まさか……リュカ団長がユリアンナ令嬢を……」

「そうしてやりたかったが、僕だって貴族に手をかける不利益は承知している。一時の怒りに身を任せて手を汚せば、その後の処理が面倒だ。だから――送らずに放置して去っただけだよ。薬で朦朧《もうろう》としていた彼女が、僕が背を向けた直後水に落ちた音に気づいても振り返らなかったけれど」

「助け……なかったのですか……っ？」

「どうして？　夜の河がどれだけ危険か知らないのか？　もし浮流物《ふりゅうぶつ》や尖った石で傷を負えば、そこから悪化しかねない。どうでもいい人間の不注意のために、危険を冒す気はないな。どうせ他に目撃者はいない。自分の身の安全の方が遥かに大事だ」

罪悪感の欠片もなく、いっそ晴れ晴れしさすら感じさせる微笑を彼は滲ませた。

確かに、リュカは何も手を下していない。ユリアンナの死に積極的に関わったとは言えないはず。彼女が水に落ちた現場さえ目撃しておらず、『音がした』と言っただけ。つまり実際は違うのかもしれない。

だとしても、レノの常識で考えれば、あり得なかった。

手の届く範囲内で、人が溺れていたかもしれないのだ。それなのに一切救助する気もなく、立ち去れるものだろうか。

自分一人では難しくても、人を呼ぶなり何なりできたはず。急いで手を打てば、少なくともユリアンナが汚く冷たい溝河で何夜も過ごさず済んだのでは。

レノだって、彼女にいい印象を持っていたわけではない。だが、だからと言って暗い水の中で恐怖と苦しさに苛まれて命を落としてほしいなんて考えたこともなかった。

――それが人間の情というものではないの……？

若く美しかった彼女の遺体は、かなりひどい有様だったと聞いている。同じ女性として同情を禁じ得ない。普通なら、憐れみを抱く。他人であっても。

到底リュカの行動が理解できず、レノは瞳を揺らした。

「無理に危険を冒せなんて言っていません。でも……ユリアンナ様の居場所を、リュカ団長は知っていらしたんですよね？　せめてもう少し早く証言してくだされば……」

　遺体が無為に傷つくこともなかったのでは。

「どうせ結果は変わらない。だったら、下手に居所について言及したら、あらぬ疑いをかけられかねない。ユリアンナと最後に顔を合わせたのが僕だと知れれば、面倒な事態になるに決まっている」

「ひ、人の命がかかっているんですよ？」

「だから何？　どうでもいい他人と自分の命が同等だと思っているのか？」

　絶句して、レノは固まった。

　それでも言い負かされるわけにはかない。懸命に頭を働かせ、どうにか言葉を絞り出した。

「わ、私たちは騎士です。人のために尽くすのが本分ではありませんか」

「理想と現実は違う。まさか他者のために己を軽んじるのが美徳だと思っているのか？」

「い、命に優先順位をつけるのはおかしいと申し上げているんです」

　危険を承知で任務にあたるのが騎士たる役目だ。

　皆、そういう崇高な精神を多かれ少なかれ持っている。リュカだって、あれだけの功績を立てるには、高い志があるに決まっている。そう、レノは信じていた。純真に。愚かに。

それ故、リュカがうっそりと嗤ったのは、見間違いだと思った。

「――それなら君は、目の前で自分の家族と、連続殺人犯が溺れていたら、どちらを助ける？　救助が間に合うのは、一人だけだ」

「え……」

即答できなかったのは、犠牲になるのが『自分』ではなかったせいだ。

己の身を危険に晒し、誰かを救えるならレノはきっと迷わない。それが仮に、大罪を犯した者であっても。

眼前で助けを求められれば、手を貸さずにはいられなかった。そういう性分なのだ。

――でも……対価が大事な人たちなら……？

優先順位を絶対につけないと、レノは言い切れるだろうか。

答えは否だ。返答に窮《きゅう》したことが、何よりの証拠だった。

「ほらね。命は平等でも等価でもないんだよ。自分を優先するのも、同じことだ」

おそらく、上手く言いくるめられている。

何だかんだ言っても、リュカならばユリアンナを助け出すのは可能だったと思う。彼が主張するほど『命がけ』ではなかった可能性が高かった。

ならばどう言い繕ったところで、リュカが彼女を見捨てたことに変わりはない。

要は彼の行動を正当化しようとしているだけ。

最近、少しずつ心を擦り合わせ、リュカと距離が縮まっている気がしていた。だが全ては幻想だったのかもしれない。

彼は何一つ変わっていないし、変わる気もない。

リュカへ恋心を募《つの》らせていた女性が命を落とした現実に、まるで何も感じていなかった。

何なら、清々したと言わんばかり。

——いいえ……今夜ユリアンナ令嬢の話が偶然出なかったら、思い出しもしなかったのでは……？

彼にとってどうでもいい人間の生き死には、視界にも入らない。自らの手を汚しても汚さなくても、熱量は同じ。

目障りなものが消えた——それだけだった。

「ああ……」

ずっと『同じ人間なのだから』と根底に流れる善性を信じて疑うことはなかった。けれどそもそもそれが間違いだったのではないか。

ここにいるのは本当に『人』と定義していい存在かどうかすら危うい。孤高《ここう》の獣に人間の道理を説いても無意味。価値観が端から違うなら、理解などできるわけがなかった。それ以前に、相手にとっては一方的な『正義』の押しつけは、心底意味不明に決まっていた。

自分が今、リュカの異常さに傷ついているのか怯えているのか見分けられない。ただ心が軋む。

届くはずのない手を伸ばし続けることに、レノは疲れ始めていた。

4　どうして

その日は目が痛くなるくらいの晴天だった。雲一つなく、澄んだ青が広がっている。月に一度行われる、男女混合の合同訓練。任務に駆り出されている者以外は、基本的に全員参加だ。

広大な鍛錬場に、大勢の騎士が集まっていた。

「これだけの人が集合するのは、何度見ても壮観《そうかん》よねぇ。大半が肉体自慢でこれ見よがしに上半身を脱ぐ奴もいるし。眼福《がんぷく》」

レノの隣に立つエマリーが満足げに呟いた。

「……そうだね」

鍛錬場のどこかにいるリュカのことが気にかかり、レノは上の空で答えた。心は完全によそへ飛んでいる。隣にエマリーがいることにも、今初めて気づいたくらいだ。

ユリアンナの最期《さいご》を知った日から十日余り。

リュカは多忙らしく、呼び出してこなかった。食堂でかち合うこともない。

以前は昼食に誘われることもままあったが、最近は顔を合わせる機会も途絶えていた。

どうやら二か月後、国王の在位二十年を記念する宴《うたげ》が大々的に行われるにあたり、近衛隊だけではなく騎士団も連日警備体制の打ち合わせで駆り出されているらしい。

貴族らが祝いに集まるだけでなく、周辺各国から要人がやって来るので人手はいくらあっても足りやしない。

団長であるリュカ自ら、あちこち飛び回っているとのことだった。

それでも合同訓練の今日は、王宮に行くことなく鍛錬場に来ると小耳に挟んでいる。故に、レノは警戒せずにはいられないのだ。

彼と何もなかったふりをして、顔を合わせる勇気がない。

心の整理ができないまま、十日が過ぎてしまった。その間一度もメッセージすらやり取りしていない。枝に紐が結ばれていない日々に、どれほどホッとしたことか。

だからなのか、より気まずさが増大している。正直に言うなら、『会いたくない』のが本音だ。

どんな態度をとればいいのか、自分でも決めかねている。これまでと同じか。それとも
いっそ――

「……あんた、最近元気がないね。どこか体調悪いの？」

「え……、う、ううん。元気だよ。食欲だってあるし」

空元気で明るく言ってみたものの、敏《さと》いエマリーの目をごまかし切ることはできなかったようだ。友人は瞳を細め、探る眼差しを向けてきた。

「レノがそう言うなら信じるけど……悩みがあるなら、相談しなさいよね。犯罪行為にならない範囲なら、何でも手伝うから」

「あ、ありがとう？」

若干尻込みする発言をされ怯んだが、その気持ちはありがたい。揺るぎない友情に、レノの強張っていた気持ちが仄かに解れた。

――エマリーにこれまでのことを話すことはできないけど、心強いな……

「遠慮しなくても大丈夫。これでも私、実家が太いからね。それなりに自由になるお金や人脈はあるわ」

冗談めかした言い方をし、彼女は自らの胸を叩いた。

だが実際、エマリーは本来であれば騎士団で汗水垂らして危険を冒す必要のない立場な

のだ。

「ご存じの通り、王都でもうちの商会は中堅どころの規模だもの。王侯貴族には及ばなくたって、私の父親は発言力があるのよ。そして私はそんな父に溺愛《できあい》されている娘。ね？頼りになるでしょう？」

「本当なら大金持ちのお嬢様として悠々自適《ゆうゆうじてき》に暮らせるところを、キツイ・汚い・危険の三重苦代表格である騎士団で一旗揚《ひとはたあ》げようとするエマリーの格好良さ、大好きだよ。勿論すごく頼りにしている」

「うふふ。私は男に頼った生き方なんてごめんよ。自分で稼いで己自身の価値を高めなきゃ。お父様の商売だって、永遠に安泰だとは限らないもの。でも利用できるものは堂々と利用するわ」

逞しい。友人の清々しさが眩しくて、レノは自然と笑顔になった。

「ま、今の私はしがない下っ端騎士だけどね。でもいつか女でも指揮官になれると示してみせるわ。男性の付属品で終わるつもりはないの」

「エマリーなら、きっとできるよ」

「私が出世した暁《あかつき》には、右腕はレノよ。あんた実力はあっても世渡りが下手だから、私が取り立ててあげる」

「あはは。それはありがたい。是非、お願い。私もエマリーの野望を支えたい」

笑顔で二人顔を寄せあった。他愛無い将来の夢を語り合い、気が晴れる。悶々《もんもん》と悩んでいたレノは、明るいエマリーに心から感謝した。

――きっと私が落ち込んでいるのを察して、深く問い詰めることなくおどけてくれたんだな。エマリーらしい。いい友人を持ったなぁ……

人との縁こそ得難い宝だ。金の力のみでは本当の絆は構築できない。『この人のためなら頑張れる』という思いこそ重要なのだと、レノは思った。

人は弱い。簡単に損得に影響を受ける。

金や名誉のために誰かを裏切る人間を、嫌と言うほど見聞きしてきた。そういった欲に流されずいるためには、利益を凌駕する『絆』が大事なのではないか。

たとえ自らが不利益を被っても、相手を守れるならば構わないと思えるほどの。

――私……リュカ団長に対してはどう感じているんだろう……

何も知らなかった以前は、盲目的に彼を慕《した》っていた。正式に命令されれば、疑問を抱くことなく、どんなことでも喜んで実行に移したかもしれない。リュカが間違いを犯すわけがないと信じて。けれど今は――

彼の裏の顔を知って、それでもどこまで寄り添えるのか。理解しようと手を伸ばせるのか。まだ決めかねている。

もはや自分の手には余るのは、間違いない。レノが背負えるほど、リュカの抱える闇は軽くなかった。それなのに完全に背を向けられない理由は何だろう。

恐怖か。罪悪感か。それとも情か。

天秤は常に揺れている。ちょっとしたきっかけがあれば片側に傾き、また別の何かがあれば反対に傾ぐ。

結局のところ彼のことを考える度に、意見が変わった。

全く共感できないリュカへの戸惑いや恐れは、どうしたって消せやしない。だが僅かな交流で得られた希望が、レノの後ろ髪を引いていた。

――ああ、でも……今後もあの人と分かり合える日は来ないのでは？

命の重みを損得で測る彼。『面倒』が殺意に変換される人。

流石に認めざるを得ない。この世には、どう頑張っても理解が及ばない相手がいるのだ。価値観も精神構造も生まれ育った環境も重ならず、一つとして通じ合えない存在があるのだと。

努力したところで、初めから彼を変えることは無理だった。できると思ったのは、レノの傲慢な自己満足。幻想にすぎなかった。

自分には手の届く範囲で見知った人が命を落とし、平然としていられる精神が理解できないし、したくもない。

たった一つしかない命を軽んじる考え方に、同意は不可能だ。こちらからリュカに歩み寄れないなら、二人の距離が近づくと期待するのも難しい。まして、相手にその気が皆無なら。

――リュカ団長には、この先も私の言葉なんて届かない。

諦念が虚無感に変化する。

己の無力さに、レノはしばしぼうっとした。それが危険なことであるのも忘れて。

ここは、騎士団の鍛錬場だ。真剣を使った訓練も行われている。本来であれば、ぼんやり立ち竦んでいていいところではない。

先ほどまではレノもエマリーと会話しつつ周囲に注意を払っていた。どんより落ち込んでいても、完全に自分の内側に籠っていたわけではない。騎士として培《つちか》った危険に対する心構えもあった。

だがほんの数秒、意識が散漫《さんまん》になる。その間隙を突かれたのは、悪魔的な偶然と言っても過言ではなかった。

「……うわっ」

激しく斬り合っていた騎士のうち、一人の剣が叩き折られた。

整備が不十分だったのか、たまたま衝撃に耐えられなかったのか。

しかし今更問いただすのは手遅れだった。

真っ二つになった剣先が、こちらめがけて飛んでくる。回転しながら向かってくるそれを、避ける暇はなかった。

「危ないっ！」

どうしてか世界が緩慢《かんまん》な速度になる。

レノは隣にいるエマリーの身体を咄嗟に突き飛ばした。

「レノッ！」

頭の中は真っ白。彼女の呼び声は悲鳴に近かった。

思い切り突き飛ばしたせいで、エマリーが勢いよく転がる。それでも彼女は精一杯こちらに手を伸ばしてくれた。レノの身体を引き寄せようとするように。

エマリーの指が虚《むな》しく空《くう》を摑み、刃が光を反射しながらレノに迫る。せめて頭や首を庇わなくては。

――貴女のせいじゃないと言ってもエマリーは気に病むだろうから、せめて致命傷を負わないといいな――

もしくは、一瞬で片をつけてほしい。苦しまないように。

レノは悲壮《ひそう》な覚悟で目を閉じ全身を強張らせた。だが。

「……あれ？」

そのまま数秒。ひょっとしたら、数十秒。

いくら待っても激痛は襲ってこなかった。それどころか温かい何かに全身が包まれている。まるで、レノを守るかの如く。

――何、これ……

戸惑いながらゆっくり瞼を押し上げれば、自分が大きな身体に抱きしめられているのがやっと理解できた。視界に映るのは黒い騎士服。それを飾るいくつもの装飾。功績を認められた者だけがつけることを許される、徽章《きしょう》も見て取れた。

――この階級章は……

見覚えがあるどころの話ではない。ずっと憧れていて、かつ最近では傍にいることが苦しくて堪らなかった人。それでも姿を探さずにはいられなかった相手。

「ど……して」

尻もちをついた状態でリュカに抱きしめられているのだと分かり、レノは何度も瞬いた。

「……っ」

レノが身じろいだ刹那、彼が低く呻いた。リュカのそんな痛苦を滲ませた声は聞いたことがない。驚いて彼の背に手を這わせた瞬間、レノは凍りついた。

「あ……っ」

ぬるりとした生温かい感触。この手触りはよく知っている。職業上、避けて通ることが難しいものだからだ。

独特な匂いが鼻腔を擽る。本能的に避けたくなるそれは、吐き気をもたらした。

「リュカ団長……っ」

二人の足元には、折れた剣が転がっている。血に塗れた剣先は、皮肉なくらい磨き抜かれていた。

手がどんどん濡れてゆく。血生臭さが濃く漂う。

命そのものの液体は、とめどなくレノの団服にも染み込んでいった。だが、自分の身体から溢れたものではないことが、レノにはよく分かっている。

「動かないでください！　すぐ止血します。誰か医療班を呼んで来い！」

駆け寄ってきたトニィの顔面は蒼白だった。低く唸って、リュカの背中を凝視している。

危険な任務に就くことが多い彼でも、冷静ではいられない大怪我であるらしい。

レノを抱きかかえたままのリュカの膝の下には、赤い水溜まりが広がってゆく。濃くなる鉄錆《てつさび》の匂いに、レノの視界が激しく揺れた。

──何故、こんなことに……？

おかしい。あの刃はレノを引き裂いていたはず。まっすぐこちらに飛んできていたではないか。

重量のある長剣だったから、あの勢いなら突き刺さってもおかしくはなかった。あくまでも、レノに。それなのに今、自分は無傷だ。

にも拘らず、鮮血に塗れている。己のものではなく、リュカから溢れたものによって。

「……君が傷を負わなくてよかった」

「わ、私を庇ったんですか……？　どうして……」

そういう無駄なことを彼は好まないはずだ。リュカは自身が損をするのを極端に嫌う。周囲の人間がどうなろうと、利益がなければ微塵も気にしない人ではないか。それなのに何故、玩具でしかないレノのためにこんな真似をしたのだ。

──ただ見ていれば、よかっただけなのに……これまではずっと、関心が持てないことは傍観者《ぼうかんしゃ》の立場を通してきたでしょう？

ユリアンナを見捨てたように。

もし身体を張って助けるなら、伯爵令嬢であった彼女の方が見返りがあったに違いない。

それこそ伯爵に恩を売り、リュカに有利な取引を持ち掛けられただろう。対して、我が身を犠牲にしてレノを救っても、何も褒美はないのだ。替えのきく人形如きを庇い大怪我をしては、吊り合いが取れないに決まっていた。

——私に、返せるものは何もない。ご自分を犠牲にする価値なんて、それこそ見当たらないのに……っ

「——……さぁ。どうしてだろう。自分でもよく分からない」

表情は平然としつつも、彼の額には珠《たま》の汗が滲んでいた。急速に血液を失いつつあるのが見て取れる。レノは慌ててリュカの身体を支えなおした。

「しゃ、喋らないでください。すぐ医療班が来ますから……っ」

「君が理由を聞いたんじゃないか」

こんな緊急時なのに、平素と変わらない様子の彼に、泣きたくなった。どんな表情をすればいいのか分からず、レノはますます顔を歪める。するとリュカが、こちらの耳に唇を寄せてきた。

「——ああ……一つ、理由を思いついたかもしれない。僕のように君が怪我をして、匂いが分からなくなったら嫌だと思ったんだ」

「に、匂い？　そんなことで……っ？」

「だって僕の匂いを好きだと言ってくれたじゃないか」

あれは彼の香りに似ていた花を好ましいと言ったのだ。同じようで、微妙に違う。それでも、レノは訂正する気になれなかった。完全に間違っているとも言えなかったせいで。

「リュカ団長は、馬鹿です……っ」

「はは。自分でもそう思う。傷を負ったのは、いつ以来かな……我ながら間抜けだ」

いつになく、声に力がない。

どれだけ平静を装っていても、こちらに寄り掛かるリュカの身体の重みは次第に増している。体温が急速に下がっているのが、団服越しに伝わってきた。

「団長！　しっかりしてください。意識を失っては駄目です！」

トニィが懸命に呼びかける。するとリュカが閉じかけていた瞼を鬱陶しそうに押し上げた。しかし再びすぐに焦点が合わなくなる。

「レノ！　リュカ団長に声をかけ続けてくれ。君の言葉には強く反応を示している」

「……っ、ね、眠っては駄目です。返事をしてください……っ」

「はは……さっきは喋るなと言ったくせに」

憎まれ口を叩く声が掠れていた。リュカの喉が喘鳴《ぜんめい》を奏でる。傷口を止血しようにも、範囲が大きくままならない。

何もできない自分を呪い、レノは彼を強く抱きしめた。

「本当に貴方の考えていることが、私には全然分かりません……っ！」

「……それは、こちらの台詞だ。君の言っていることも、僕には心底意味不明な内容ばかりだよ……」

互いに理解不能だ。それでも、ただ一つ今伝えなくてはならないことがあった。

「でも……助けてくださって、ありがとうございます……っ」

涙が止まらない。嗚咽《おえつ》のせいで、感謝の言葉がきちんと音になったか、確証が持てなかった。けれど彼が淡く微笑んでくれたから、伝わったと信じている。

レノはどんどん冷たくなるリュカの身体を懸命に支え続けた。

◇◇◇◇◇

絶対安静を言い渡されたのは、いつ以来か。

ひょっとしたら、『母親』に火掻き棒で頭を割られた時以来かもしれない。

リュカは背中に負った傷のため、うつ伏せか横臥を余儀なくされていた。上半身は大げさではないかと言いたいくらい包帯でぐるぐる巻きだ。あと少し位置が上だったら、首の後ろを斬られていてもおかしくなかったらしい。

万が一そこに刃が突き刺さっていれば、流石の自分も命が危うかったかもしれない。

しかし幸いにも、背中をバッサリ切り裂かれただけで済んだのだから、運がよかったと言えなくもなかった。

問題は、退屈なことである。

合同訓練で事故があった日から五日。ほとんど動くことを許されていない。自分としてはもうそろそろ鍛錬を再開したいところだが、医師には『とんでもない』と言われてしまった。

――これくらいの傷、問題ないのに。むしろ包帯が煩わしい。

こまめに消毒した方がいいとのことで、上に服は羽織っていない。日に何度も医師がやってきて包帯を取り換えてゆく。

それを待つだけの日々に、リュカは早くもうんざりとしていた。

――暇だ。

これまで忙しくて余計なことを考える暇もないほどだったのに、突然あらゆる仕事を取り上げられた。書類に目を通すことも許されず、ここ最近リュカを煩わせていた国王の在位二十年を祝う宴にまつわる話し合いもお預け状態だ。

――まぁ副団長は優秀だから、万事上手く采配《さいはい》してくれるだろう。やはり持つべきは使える人間だな。

故に仕事に関しては心配していない。この程度のことで、自分の地位が揺らぐこともなかった。むしろ一女性騎士を庇ったことで、評価はますます上がっている。

流石は高潔な英雄だ、歴代最高の団長だと讃える声はリュカの病床《びょうしょう》まで届いていた。傷を負った甲斐があるというもの。称賛され、皆の尊敬を集められたのなら、悪くない選択だった。作り上げた巣は今後もっと居心地がよくなるに違いない。

剣を折った団員に対しても『道具の整備を怠《おこた》った』罰は与えたが、それだけだ。リュカに罪に問う気はさらさらなかった。その点も、自分の寛大さを広めるのに一役買ってくれたのだから、万々歳。

怪我をした帳尻は充分合っている。釣りがくるほどだとほくそ笑んだのは、秘密だ。

――だが、僕はあの時何故、我が身を挺《てい》したのだろう。

レノに剣先が突き刺さると思った瞬間、考えるより先に動いていた。あの一瞬は、計算など微塵も頭になく、真っ白だった。

だから彼女に『どうして』と問われても即答できなかったのだ。しかし少し考え出てきた答えは、一つだった。

自分では全く分からない自身の匂い。人それぞれ別の香りがあることにも無頓着《むとんちゃく》だった。この先嗅ぎ取れなくても、長年これでやってこられたのだから特に困ることはないと思う。それでも、レノが嗅いでくれなくなったら、嫌だと感じたのだ。

あるのかないのか分かりもしない、形のない『リュカの香り』。レノが好きだと言ってくれたもの。それが急に惜しくなった。

だったら自分が怪我をした方がずっといい。痛みくらい何でもない。仮に傷跡が残ったところで、どうでもよかった。彼女が無事であるならば。

――こんな感情を抱くのは、初めてだ。

他者を己より優先したことも。これまでのリュカなら、考えられない。見返りを求めない行動は馬鹿げている。後先考えず身体が動いたのも、初体験だった。

――レノが傍にいると、新鮮な気分になる。意識していなかった自分自身が次々に見つかるな。本当に飽きない。

くるくる変わる彼女の顔を思い浮かべ、リュカの頬が緩んだ。けれど直後にレノの泣き顔も思い起こされ、複雑な心地がした。

――随分、泣いていたな。無傷で守ったのに、何故だ？　戦場に行ったことがなくても、騎士ならあの程度の傷は見慣れているだろうに。

時間を持て余しているせいか、つい彼女のことばかり考えてしまう。こうして一人の人間について思いを馳せるのも、リュカには珍しい。

寝返りもままならない不自由さが、余計にレノの悲しげな様子を思い起こさせた。

──僕が医療班に運ばれていく時も、ずっと泣いていたな……涙脆くはないのに。

あれ以来、彼女とは会っていない。面会は駄目だと医師に言われたためだ。

こちらとしてもご機嫌伺いにくる者たちの相手をするのは煩わしく、医師が断ってくれるなら、否やはない。だから、仮にレノがここへ足を運んでも、門前払いされていると思われた。

──いやそれとも……見舞いに来る気がレノにない……？

律儀で善良な彼女なら、自分を庇って傷ついた男のために、せっせと足を運びそうだ。けれどこの五日間、レノが病室を訪れたという話は聞かなかった。

リュカの耳に入らないだけなのか、実際来ていないのかは不明だが。

──あの時、混乱する現場を収めていたのはトニィとかいう男だったな。レノと同期の……まさかあいつと一緒にいて慰められているのではないだろうな……

彼女の性格上、そんなことはしないと分かっている。だが勝手に擡げる黒い感情は厄介だった。苛々と胸の内が搔き毟《むし》られる。

心を乱されるのは嫌いだ。怒りは思考を鈍らせる不要なものだとも思っている。怒気に支配されれば、言動にも支障が出る。くだらない感情を制御するのは慣れているはず。にも拘らず、リュカの不快感は次第に大きくなっていった。

――いや、違う……これは怒りじゃない。だったら、いったい何だ？

今まで自分が相対《あいたい》したことのない感情。見知らぬざらつきが、胸を焦がす。とにかく不愉快で一刻も早く捨て去りたい。

それなのに発散の仕方が分からなくて、より苛立ちが増した。

――何もすることがないせいで、馬鹿げたことに拘るのか……？

やはりそろそろ身体を動かした方がいい。そう考え身体を起こした瞬間、病室の扉がノックされた。

「どうぞ」

医師が傷の具合を診《み》に来たのだろうと思い、リュカは外向き用の穏やかな声で入室を促した。口元には微笑を張りつけ、完璧なリュカ・グロスターの顔を作り上げる。

しかし予測に反し、扉を開けたのは、レノだった。

「……失礼します」

「……っ」

珍しく、動揺した。とはいえ、驚きの声を上げたのではなく、軽く瞠目しただけ。

俯き加減で入室してきた彼女は、こちらの表情に気づいていない。そのことに安堵して、リュカは優雅に座りなおした。

――ホッとしている……？　僕が？

この感情の発露《はつろ》も謎だ。いったいどういった種類なのか。理解できないのが気持ち悪く、深く考えるのはやめる。

そんなことよりも、レノが一人でやって来たことの方が重要だった。

――トニィとやらは連れてこなかったんだな。

いつまで自分はあの男に拘っているのだろう。レノを介した接点がなければ、『優秀な男』程度の関心しかないはずなのに。それもまだまだ自分の足元にも及ばない。将来有望ではあるようだが、色々任せられるようになるまでに数年はかかるに決まっている。

敵ではなく、邪魔者でもない。それなのにまるで意識しているように頭の片隅にいるのが、面白くなかった。

――いっそ役立たずであれば、遠ざけられるのに……

「この度は、私のせいでリュカ団長に大怪我をさせてしまい、申し訳ありませんでした」

今にも泣き出しそうに瞳を潤ませ、レノが深々と頭を下げる。

しかもいつまで経ってもそのまま顔を上げない。微かに震えながら、リュカの言葉を待っているようだった。

――彼女に責任は微塵もないのに。……お人よしだな。

こんなだから、自分などにつけ込まれるのだ。罪悪感を抱く必要のないことにまで、勝手に責を負おうとする。本当に馬鹿げている。正義感の塊なのも、大概にした方がいい。

危うくて目が離せないと思った。

「これはただの事故だ。誰が悪いという話でもない。あえて言うなら、剣の整備を蔑《ないがし》ろにしていた者だ」

それとて、不可抗力な部分はある。折れた剣はさほど古いものではなく、よく磨かれていた。手入れはきちんとされていたのだ。

たまたま脆い部分に絶妙な角度で当たってしまったのだろう。だとしたら、当人も被害者だと言えた。

それにこれを機に、武器にかける予算を増額させるつもりだ。安物のせいで事故が起きたと主張すれば、あっさりと決済が通るに違いない。ならばリュカにとって得るものの方がよほど大きかった。

「で、でもリュカ団長が私を庇うなんて……っ」

「偶然、そういう結果になっただけだ。あの場で見捨てていれば、僕を責める声もあったかもしれない。君を助けた方が利益は大きいと判断したまでだ」

もしもレノ以外の人間が被害に遭いそうだったなら、何も行動しなかった――とは口にせず、リュカは椅子《いす》を手で示した。

「座ったら?」

今にも帰ってしまいそうな彼女を、半ば強引に座らせる。これですぐに退室することはないはず。もう少し一緒にいられると思うと、五日間の不満は綺麗に消えていった。

――溜まった鬱憤《うっぷん》を紛らわせそうだ。

「……お身体に響きませんか?」

「大丈夫。むしろ退屈で死にそうだった。話し相手にでもなってくれ」

そう告げればようやく安堵したのか、レノの表情が目に見えて明るくなった。心なしか輝いてさえ感じられる。

――本当に飽きさせないな……

ずっと見ていられるからか、傍に置いておきたいと思わずにいられない。

不可解な気持ちからはひとまず目を逸らし、リュカは久しぶりの暇潰しに興《きょう》じることを決めた。

「騎士団は、変わりないか？」

「はい。団長が療養中で多少バタバタはしていますが、大丈夫です。王宮との話し合いも、進んでいるようです。私は直接関わっていないので、詳しいことは分かりませんが……ですからゆっくり休んでください」

「いや、ありがとう。安心した」

留守を任せられる人間はいる。さほど心配はしていなくても、『大丈夫』だと言われれば心強かった。

だがリュカが礼を告げた瞬間、レノが目を丸くしている。信じられない言葉を聞いたと言わんばかりの表情は、面白かった。

「その顔は何だ？」

「あ、いえ。貴方がお礼を言うとは思ってもみなかったので……」

「必要を感じれば、勿論言う。君は僕をとんでもない傍若無人《ぼうじゃくぶじん》だと思っているのか？」

「えっ、ゃ、それは……その」

馬鹿正直にもほどがある。建前と本音も使い分けられないのか、彼女は視線を泳がせた。嘘がつけない性格だと睨んでいたが、ここまでとは。

上司にゴマをすれず、気の利いたおべっかも使えないなんて。

とはいえ、嫌な気分はしなかった。それどころか楽しい。リュカはらしくなく穏やかな空気に身を任せた。

――裏表がない人間と対峙していると、気を張り巡らせずに済むから楽だ。

本心を探り、言葉の裏を読む必要もなく、純粋に会話を楽しむのは初めてかもしれない。

幼い頃は勿論、騎士団での立場が上がるに従い、本音はもっと晒し難くなった。足を掬われる隙を見せてはならない。そういう世界が、リュカの日常だった。

生き残るには万全の注意を払い、一瞬たりとも油断は許されない。他人に気を許すのは愚か者のすること。死にたくないなら、誰も信じない方がいい。

しかし無条件で気が許せる相手との対話は、緊張感がなくのびのびできる。

こういうのも悪くないと、ぼんやり思った。

――もしかして、これが『普通』なのか？

物心つかない頃から、周囲の人間は誰一人信用ならなかった。グロスター伯爵家の使用人は、全員『家族』の息がかかっていると考えて間違いない。取り入って心を摑み、己の有益な駒に仕立て上げても、仕える主を簡単に変える輩を信頼できるはずがなかった。

騎士団で居場所を作り、やっと息をつけるようになっても、根本は同じだ。

敵か味方か。味方であっても利益をもたらす存在とそうでない者。そういう括りしか、リュカは持っていなかった。

利用可能かどうか見定めて、便利な道具とみなせば傍に置く。

邪魔なだけなら、視界に入れるのも不快だ。

言い寄ってくる女の大半は、目障りな石ころ程度にしか認識できない。または無駄に着飾って、中身のない会話で自分の時間を搾取《さくしゅ》する鬱陶しい虫だ。

中でもユリアンナ令嬢は最悪で、足元に転がっているだけならまだしも、自らぶつかってくる石礫《いしつぶて》のようだと辟易していたのだ。

顔を合わせる度に甲高い声で喚き、仕事を妨害する。騎士団とはまるで無関係な立場のくせに、常に上から目線でリュカの部下らに命令を下す。

自分だけでなく、他の者たちもうんざりしているのは明らかだった。

父親の力を己のものだと勘違いし、ふんぞり返っているやや頭の足りない娘。

それが、リュカが彼女に下した評価の全てだ。一般的に見て、美しいと評される顔立ちをしていたそうだが、そんなことはどうでもいい。興味がなかった。

ユリアンナの実家の財力も魅力的だと感じたことがない。貴族社会に連れ戻されるなんて、考えただけでゾッとする。もしラヴィン伯爵家へ婿入りしようものなら、グロスター伯爵家が我が物顔で口出ししてくることだろう。

──冗談じゃない。

それでも、正式に彼女を袖にしてあえて揉め事を起こすのは煩わしく、度重なる暴挙にも目を瞑《つむ》ってやっていた。

どうせ恋多き女のユリアンナだ。いずれリュカではない別の男に目が向くだろうと高を括り、無礼にならない範囲で『拒絶』していたのだ。

にも拘らず。あの愚かな女は、リュカの逆鱗《げきりん》に触れた。

事故の起きた晩。後をつけ回されるのも気味が悪かったが、それはまだ耐えられないほどではなかった。

何事もなければ内心の煩わしさを堪え、リュカは紳士的にユリアンナを屋敷まで送り届けたはずだ。娘の馬鹿げた妄言をラヴィン伯爵に告げ口し、我が子の手綱《たづな》を引けと言外に忠告して。

気が変わったのは、彼女が漏らした言葉のせい。

ユリアンナは醜く顔を歪ませて、地団駄《じだんだ》を踏む勢いで言い捨てた。

『私、知っていますのよ。平民出身の田舎娘に最近目をかけていらっしゃるそうですわね。グロスター伯爵様はどう思われるかしら？　私は内々にリュカ様との婚約を打診されておりますの。もしこれ以上貴方が駄々を捏ねられるなら、父に言って邪魔者を追いやってもらわなくてはなりませんね』

　平民出身の田舎娘が誰のことを指しているのか、瞬時に分かった。レノのこと以外あり得ない。他の女は顔すらうろ覚えだ。

　的外れな脅しには失笑しかない上に、当事者であるリュカを蔑ろにして婚約話を進めようとしている『父』へ軽蔑《けいべつ》が募った。

　――如何にもあの男らしい。僕が決して了承しないとまだ理解できないのか。意気《いき》揚々《ようよう》と話を纏めても、実現せず恥をかくのはお前なのに。

　しかしそれ以上にリュカを不快にさせたのは、レノの身に危険が及ぶかもしれない可能性だった。

　彼女は関係ないと言うより先に、頭の中が冷えてゆく。

　忌まわしいユリアンナの口から、レノのことが語られるのも気持ちが悪い。

　だが最もリュカを戸惑わせたのは、これまでの自分であれば他人の安全を引き合いに出されても『だから？』という感想しかなかったのに、ことレノが関われば焦燥が首を擡げた事実だった。

　いつも通り、『関係ない』と無視すればいい。

　作り笑いの一つも浮かべ、はぐらかすのは簡単だ。どうせ相手は薬の影響なのか、支離滅裂な言動を繰り返し正気とは思えない。

何の利益も得られない話につき合うのは心底無駄でしかなく、嫌だ。適当にあしらい相手の望む姿を演じてやれば、大抵の事態は好転する。何も考えず。事務的に。けれど冷静に状況判断を下す思考を押しのけて、リュカの身体は勝手にユリアンナに背を向けていた。

これ以上、この女の顔を見るのも耐えられない。キンキンと喚く口を塞がなかっただけ感謝されてもいい。

背後で悲鳴が聞こえても、振り返らなかった。

バシャバシャともがき、助けを乞う女の声を意識から締め出して歩き去る。リュカには『関係ない』ことだから。

――だけどこの話をレノにするつもりはない。彼女はきっと、『自分のせいだ』と思い込む。

全く無関係でも。言ってみれば流れ弾に当たったようなものでも。

純真で単純なレノは、勝手に責任を感じるはずだ。リュカが強盗犯を殺めた夜と同様に。

――以前は脅迫を一切躊躇わなかった癖に、今同じことはしたくない。

心境の変化は、リュカ自身でも不可解だった。彼女を縛る鎖が増えたのに、これ幸いと利用する気になれない。頼まれてもいないのに、口を噤む理由は不明だ。

レノが気に病む可能性があるから、知られたくない。それだけ。論理的じゃない。馬鹿げている。

自分が変わったことが良いことか、悪いことか。無意味な感情に引き摺られるのは好ましくないし、何事も己のペースを乱されて、得られるものがあるとは思えなかった。

――変だな……だとしたら何故、僕は今無為な会話を楽しんでいるんだろう……

暇を潰せるから、という理由だけでは説明しきれない。レノが傍にいる時にだけ湧き上がる気持ちの名前はいくら考えても不思議だった。ただ一つだけハッキリしているのは。

――僕は今、『楽しい』んだな。

肉体的な快楽を得る時とも、命乞いする邪魔者を排除する時とも別物の充足感を味わった。ぬるま湯を揺蕩《たゆた》う感覚にどこか似ている。

強張っていた全身が解けていくよう。いつ如何なる時も緊張感を切らすのは危険なことだと身に染みているが、レノが隣にいてくれるなら、油断するのも悪くはない。

そんな度し難い感情が、この世に存在するなんて。

――彼女は何か不思議な力でもあるのか？　霊魂《れいこん》や魔術なんて、僕は一切信じていないが……特別な能力があるとでも思わないと、納得できないな。

他者と関わることは、大半が面倒だ。

快適に生きるため仕方ないと割り切らなければ、到底しようとも思わない。少なくとも、リュカにとって『人付き合い』はそういうものだった。

相手の気持ちを計算し、計略を練って。仮面を被り、本当の姿を隠し。それは他者に共感したり、理解しようと努力したりするのとは異なる。あくまでも、『ふり』をしているだけ。

――僕はそんな生き方しか知らない。だから、本音を晒せるレノの傍は心地いいのだろうか……？

「――……あの、私そろそろお暇《いとま》しますね」

リュカが物思いに耽り、会話が途切れたことで居心地が悪くなったのか、レノが俯いたまま告げた。

まだ一緒にいたいとこちらは思っていても、彼女はそうではないらしい。

そんな齟齬が、殊の外面白くなかった。

「……来たばかりじゃないか」

「お身体に障《さわ》っては大変ですし……」

「もう大丈夫だと言っただろう。僕は人より治癒力が高いんだよ。五日も寝ていれば、傷口は塞がる」

医師が『これほど早く癒えるなんて驚きです。けれど念のため絶対安静です』と退院の許可を出さないだけだ。大方、リュカの並外れた回復力を観察したいのではないかと疑ってもいる。

「でも……」

「だったら、自分の目で確かめてみればいい」

「え」

レノを引き留めたい一心で、リュカは上半身に巻かれた包帯を解いた。

実際、傷の痛みはもはやほとんどない。引き攣れる感覚はあるものの、これくらいは慣れていた。

かつて火掻き棒で殴られた頭の怪我の方が、未だに疼くことがある。特に天気が悪かったり、急激に気温が落ちたりすれば、シクシクと痛んだ。

あの煩わしさに比べれば、背中の傷はどうということはない。掠り傷だ。

「か、勝手に解いては……っ」

「出血は完全に止まっている」

背中を晒せば、彼女が息を呑んだのが伝わってきた。

傷痕に視線が注がれているのが分かる。凝視されている場所が熱を帯び、痛みとは違うもどかしさが生まれた。

——……しまった。こんなことをしたら、レノがまた『自分を庇ったせいで』と気にするか？

傷痕を見せてしまってから、全く考えていなかった可能性に思い至る。

こんな失敗は珍しい。いつも先を読んで適切な行動を選択しているリュカが、普段ならするはずもない失策。それだけ焦っていたのだと自覚し、解いた包帯を握りしめた。

利用できるものは何でも使う。そこに葛藤は欠片もない。

思惑通りに人を動かす時、大切なのは効率だ。そもそも良心の呵責《かしゃく》なんて、端から持ち合わせていない。そのはずが。

「……ぁ、君を詰るつもりは——」

「……リュカ団長に助けられなかったら、私がこの傷を負ったかもしれませんね……」

彼女の指がこちらの背中をなぞり、数秒息が止まった。

リュカの背を斜めに走る切り傷。

既に肉が盛り上がり、かさぶたになりかかっているせいかむず痒くもある。その周囲を確かめるように、レノが辿っていった。

「……っ」

搔痒《そうよう》感以上に、衝動が搔き立てられる。

本音では今すぐ振り返って彼女の唇を奪いたかった。

だが同じ強さで、自分を慈《いつく》しみ労わってくる手を存分に味わいたい。

傷を慰撫《いぶ》する手は温かく、撫でられる度に残っていた痛みは霧散《むさん》していった。

他人に触れられるのはあまり好きではなかったのに、レノの手が添えられている時間が、永遠に続けばいいと願う。

性的な意図ではなく、他者から優しく触れられたのは初めてだった。

――罪悪感や義務感とは別に、僕を案じてくれていたのか……？

「……っつ」

「あ、ごめんなさい。痛かったですか？」

「いや……問題ない」

じり、と体温が上がってゆく。動悸《どうき》が速まり、喉が渇《かわ》いた。

ゆっくりリュカが振り返れば、彼女と目が合う。逸らされることなく、しっかりと正面から眼差しが絡み、瞬きを忘れた。

手を伸ばしたのがどちらからなのかは分からない。二人、同時だったのかもしれない。

気づけば抱き合って、口づけを交わしていた。

レノの手は背中の傷を気にしているのか、リュカの背に回されず、中途半端にさまよっている。

やがておずおずとこちらの腕に落ち着き、キスはより濃密なものに変わった。

軽く触れ合わせていただけの唇が薄く開かれ、舌を絡ませる。淫靡な水音を奏でながら、唾液を混ぜ合い嚥下する、欲望剝き出しの口づけ。

耳から淫音が忍び込み、一層興奮が高まった。

呼吸は滾り、荒々しく息を吐く。熱を帯びた呼気が肌を炙り、あっという間に指先まで火照っていった。

「ん……っ」

僅かな間解かれた唇の周りは、いやらしく濡れていた。あまりに夢中になってキスに溺れていた証だ。唇も赤く熟れている。

そそられる光景に目を細めれば、彼女は恥ずかしげに頬を染めた。

――そんな表情は余計僕を煽るだけなのに。

もっと色々な顔を見せてほしいと思う。他の誰も知らない、自分だけが見ることを許された姿を。家族や同期だってレノが艶めいた女の顔を隠しているなんて、思いもよらないはず。

そう考えると、戦慄く官能がリュカの内側に生まれた。

「……っぁ、傷……に障ります……っ」

「そう思うなら、僕は極力動かないから、君が動いて」

耳元で意地悪く囁けば、彼女の顔が一層赤らんだ。

「で、でも――」

「お見舞いに来てくれたんだろう？　だったら、僕の役に立ってほしいな」

躊躇うレノを卑怯な物言いで追い詰める。

他に、どう言えばいいのかリュカには分からなかったためだ。

これまでずっと、彼女をそうやって操り、好きなようにしてきた。それ以外、望みを叶える方法を知らない。

ほんの一瞬、レノの双眸に切ない色が過って見えたのは、気のせいだろうか。もしかしたら、別の言葉を期待していたのかもしれない。だが、確認のしようはない。

彼女は睫毛を震わせ、「分かりました」とこぼした。

レノが身を乗り出し、不器用に唇を押しつけてくる。拙くても、彼女からキスされたのは、これが初めて。

技巧も何もない。そんな初心で物足りない行為が妙にリュカの胸を掻き乱した。

「……下手だね」

「こ、こんなこと、リュカ団長以外としたことありませんから……っ」

馬鹿正直に告白し、潤む瞳を瞬くのは反則だと思う。

余裕を失いたくなくても、急く思いに衝き動かされそうになり、思わず焦らずにはいられない。俯いたレノの耳殻《じかく》が赤いことにも気持ちが掻き乱された。

——覚えたての猿でもあるまいし……っ
彼女が欲しくて発情していると見抜かれたくなくて、リュカは無表情を心掛けた。もとより、本音を伏せるのは慣れている。

さも平気なふりをして、レノの頬に手を添え、今度はこちらから口づけた。

ねっとりと口内を舌で探り、粘膜を擦り合わせ。わざと水音を立てれば、彼女の肢体が打ち震えた。

レノは口の中も敏感だ。柔らかく擽ると、甘い吐息をいつも漏らす。その音が、リュカは嫌いではなかった。

「……僕はちゃんと教えてあげたはずだけど」

「……っ」

彼女の腰を掴み、ベッドの上へ引き上げる。

病室のベッドは、大人二人分の体重を受け、情けない軋みを上げた。

「ほ、本当に背中は痛みませんか？」

「この程度で音を上げるようなやわな鍛え方はしていない」

自身の脚の上に跨ったレノの重みを堪能する。柔らかさと温もりも。全てが名状《めいじょう》し難い感情を掻き立てた。

「……人が来ることは……」

「さっき包帯を取り換えたばかりだから、当分誰も来ない」

絶対安静を言い渡してきた医師が断ってくれるはずだ。レノを通したのは、事故の経緯を知って配慮したのだろう。

そんなことを考えながら、リュカは彼女の襟足《えりあし》に指を遊ばせた。

「綺麗な髪だから、伸ばせばいいのに」

「じゃ、邪魔になりますから……」

「女性騎士でも長くしている者の方が多いじゃないか。何なら男性騎士にも長髪は大勢いる」

「剛毛の赤毛が色気づいても……」

逸らされたレノの視線に自虐《じぎゃく》が見え隠れした。

赤みの強い髪色は、品がないと思われがちだ。人気があるのは、金や銀。だからわざわざ染める者もいる。とはいえ、何だか意外だった。

――へぇ。そんなことを気にしていたのか。

言われてみれば、レノの髪は太くて硬い。しかしそれは丈夫で艶やかであることと同義でもある。力強い色味はとても目を惹く。

太陽の下でも、月明かりの下でも、変わらずに凛としていた。彼女の愚かしいほどまっすぐな芯を象徴するように。

「僕は君に似合っていていいと思う。生命力を感じる」

「生命力……ぇ、それは褒めていますか？」

「当然だ。好きな色に染めるのを否定するつもりはないが、綺麗な髪質を傷めるなら、推奨しないな。それならありのままの方が魅力的だ」

軽く髪を梳き、短い毛先に口づけた。

長さがないせいで、軽く顔を傾ければすぐに唇にもキスできる。至近距離で絡んだ視線は熱を孕んでいた。

「あ……」

音を立てつつ吸いついて、こめかみから頬、顎、首筋へと下りてゆく。途中、舌先で擽れば、仄かな震えが伝わってくる。まるで小鳥か小動物。妙な甘苦しさがリュカの胸に生まれ、殊更優しく触れたくなった。

「……ふ……っ」

服の上から掌で彼女の形を確かめる。

しっかりと筋肉のついた肩や引き締まった腰。無駄な肉はなくても、柔らかな尻。小さいながら感度のいい乳房。

直接見なくても、全てを鮮明に思い描ける。レノの痴態《ちたい》がまざまざと脳裏によみがえり、リュカは激しい喉の渇きを覚えた。

――特に女の裸を目にせずその気になるなんて……どれだけ溜まっていたんだ。本当にどうかしている。彼女がやってくるまで、別にそんな気は微塵もなかったじゃないか。

誰もこの病室を訪れないとは思うが、念のため服は極力乱さないことにした。

医師でも同僚でも、やってくる可能性があるのは男だからだ。レノの裸を人目に晒すなんて、考えただけで腹立たしい。

――それなら、もし別の女だったら？　――どうでもいいと思ったかもしれない。

「……っぁ」

「……そういえば、こうして抱き合うのは久しぶりだ」

レノのか細い声がこちらの鼓膜《こまく》を震わせ、頭が沸騰《ふっとう》しかかった。

自らの太腿で彼女の脚の付け根を押し上げる。じんわりとそこが熱を帯び、レノの内腿の震えが伝わってきた。

「う、動かないでください……っ、わ、私が……」

律儀にも、彼女はリュカが戯れに放った言葉を実践するつもりらしい。つまりは、自分が動くつもりのようだ。たどたどしい手つきでこちらの下衣を寛げてきた。

何でもない口調で言いながらも、本音は驚きで瞠目する。まさかレノが自発的にそこへ触れてくるなんて、思いもしなかった。

「へぇ……積極的だな」

危うく、腹がヒクつく。

しかしリュカの楔《くさび》は既に首を擡げ始めている。興奮は、隠しようもなかった。

それを目にした彼女が、怖気づいたのかゴクリと息を呑む。迷いつつも肉槍の先端に触れ、指先を滑らせてきた。

「……っ」

撫でるのに似た淡い接触。いっそ強く握られた方がマシであると思わずにいられない、もどかしさ。

いったいどんな拷問《ごうもん》だ。痛みならば耐えられても、欲求不満を掻き立てる愉悦には、抗い難い。渾身《こんしん》の自制心で声が出るのを堪え、リュカはゆっくりと息を吐いた。

「……それで、終わり？」

「ち、違います……っ」

覚悟を決めた表情で、レノが深呼吸する。こちらも余裕がないとは悟られたくない。

リュカは嫣然と微笑み、首を傾げた。

「楽しみだ」

虚勢の裏で、期待が渦巻く。理性の手綱を手放すまいと、懸命に己を律した。

感情も欲も、これまでリュカに制御できないものはなかった。全ては己の完全な支配下にあり、操るのは造作もない。

それが今は、全力を注ぎ衝動を抑えつけねば、暴走してしまいそうだった。

彼女の手が自分の屹立に触れているのを見るだけで、全身が煮え滾る。愛撫自体はあまりにも拙い。不器用に握り、擦るだけ。

だが視覚からの刺激も相まって、とてつもない喜悦をリュカに与えてきた。

真剣さと恥じらいを露《あら》わにして、瞳を潤ませた女。

剣ダコのある指は、お世辞にも柔らかいとは言えない。指先は荒れ、かさついている。

それでもその手の持ち主がレノで、彼女が顔を真っ赤に染めて一所懸命剛直を扱いている姿は、問答無用の破壊力だった。

「……っ」

先走りが溢れ、滑りを借りて肌の摩擦が穏やかになる。にちゃと、淫靡な音が奏でられると、楔を握るレノの手の力が増した。

「……っ、やっぱり下手だな」

「だ、だったら、リュカ団長が教えてください……っ」

彼女は自分が何を宣っているのか、分かっているのか。いや、生真面目だからこそ、己の使命を果たそうとして躍起《やっき》になっているのかもしれない。いくら『違う』と否定してもリュカが傷ついた責任を感じ、代償を支払おうとしている。

まっすぐで、善良であるが故に。

――こんな男につけ込まれて、馬鹿だね。可哀相に。

「いいよ。だったら、先端を弄って」

「こ、ここですか？」

「そう。それから舐めてみて」

流石に口をつけることは抵抗感があるのか、レノが動きを止めた。だがほんの数秒。意を決したように、彼女がリュカの股座へ顔を寄せてくる。

赤毛がさらりと落ちかかり、レノの表情を隠した。

「……くっ」

すっかり勃《た》ち上がり、腹につきそうなくらい反り返った分身へ口づけされ、腰が蕩けるかと思った。

彼女の唇は柔らかく温かい。何度もキスをしてきたから、それはよく知っている。けれど肉槍でそれらの感触を得るのは初めてで、背筋が戦慄いた。

──この程度で余裕がなくなるなんて……っ

「……っ、口に、含んで……っ」

言われるがまま大きく口を開いたレノが、剛直を口内へ迎え入れた。生温かく滑るものに包まれ、喘ぎを漏らさずにいるのは難しい。

奮い立たせた理性でみっともない声を上げまいとする。

けれどリュカが快感を得ているのは筒抜けだったのか、彼女は突然熱心に舌を楔に絡めてきた。

「……っつ」

偶然か、故意か。レノの手が陰嚢《いんのう》に触れ、圧をかけてくる。たどたどしい動きすら焦らされているのかと勘違いしそうなくらい、あっという間に全身が昂った。

彼女の口内で、リュカのものはますます質量を増し、張り詰めてゆく。やがてしゃぶることができなくなったらしく、レノがえずきながら肉棒《にくぼう》を吐き出した。

唾液と先走りが混じった液体が、淫猥に糸を引く。銀の橋がぷつりと途切れ、二人分の荒い呼吸音だけが室内に満ちた。

「ご、ごめんなさい。大きくて……」

「そういう発言は、僕以外の前でしない方がいい」

「し、しませんよ。そもそもこんなこと……リュカ団長だから、です」

後半は消え入りそうなほどの小声で、ほとんど聞き取れなかった。だから、聞き間違いか自分に都合よく幻聴を拾った可能性もある。

それでも、悪くないと感じたのはごまかしようがなかった。

——ああ、もっと汚してやりたい。

引き返せなくなるまで。貶《おとし》め、引き摺り落とせば、手に入れられる気がした。

——でも何を？

「……膝立ちになって、腰を浮かせて」

「は、い」

従順な彼女の下肢からズボンと下着を引き下ろし、淫靡な光景に煽られた。

急く気持ちを宥《なだ》めすかしつつ、花弁に指を忍び込ませる。そこは既に潤みを纏っていた。

「……僕のをしゃぶって、興奮した？」

「や……っ」

自分の方こそ未だかつてなく興奮しているくせに、余裕ぶって滑稽なことこの上ない。レノが欲しくて身の内の獣が今にも暴れ出しかねず、檻を食い破り飛び出そうと咆哮《ほうこう》を上げている。

戦場で命の危機を感じた時ですら、ここまで性的欲求が増大したことはない。本当にどうかしている。

彼女といると、何もかもが初めて尽くし。それも、これまでなら知らなくても何ら不都合を感じないことばかり。

ただし一度味わってしまえば、手放すのは惜しいものばかりだった。

綻び始めた陰唇を、肉の輪に沿ってクルリと描く。それだけでレノがか細く鳴いた。

「……ぁっ……」

蜜口からとろりと潤滑液が滲み出る。指先にそれを纏わせ、慎ましく隠れた花芽に触れた。

「んぁ……っ」

彼女の太腿が愛らしく震え、崩れかけた体勢を整えるため、レノの手がリュカの肩にのせられた。

こちらが指を動かす度に、彼女がヒクヒクと蠢く。きつく唇を引き結び、声を堪えようとしているのが健気であり――嗜虐心を誘った。

「んんッ」

膨れた淫芽を強めに摘めば、如実にレノの身体が強張る。溢れた愛蜜は、今やリュカの手をしっとり濡らしていた。

「硬くなって、摘まみやすくなった」

「やだ……っ」

耳孔に息を吹きかけ囁けば、彼女が赤い髪を振り乱す。だがその双眸は蕩け、心底嫌だと感じていないのは明白だった。レノは快楽に弱い。もっと教え込めば自分から離れられなくなるのでは。

そんな妄想は心地よくリュカを酔わせる。

脅して縛りつけるよりも好ましく、選択肢を狭めたのだとしても、彼女が選んで共にいてくれるなら、きっとその方が心躍ると思った。

「恥ずかし……っ」

「腰が落ちてきた。ほら、もっとちゃんと膝立ちになって」

「ひゃん……っ」

戯れに尻を叩けば、レノの背がしなる。恨めしげにこちらを睨む視線の奥には、悦楽が見え隠れしていた。

それでも素直に姿勢を戻した褒美に、叩いた場所を撫でてやる。円《まろ》やかな双丘《そうきゅう》を優しく揉み込んだ。

滾った呼気が肌を焼く。二人が吐き出す息が、室温を上げてゆくようだ。いっそ全て脱ぎ捨てたいとでも言いたげに、彼女の全身が火照っている。首筋を滴り落ちる汗がひどく淫靡で、リュカは思わずそれを舐めとった。

「あ……っ」

懸命に腿に力を巡らせ、レノが姿勢を維持する。彼女が身体を支えるためにこちらの肩を掴む。レノの両手が塞がっているのをいいことに、リュカはさらなる悪戯を仕掛けた。

「あ、ふ……っ、ぅ、やんッ」

中指で蜜窟を探り、親指で肉芽を潰した。

しかも音を立て淫路を掻き回す。生温い滴を攪拌し、爛れた内壁を擦り上げた。やや強引に。乱暴にはならないギリギリの力加減で。彼女が喜ぶ場所を重点的に。

膨れた秘豆を丹念に転がせば、レノが歯を食いしばって呻き始めた。

「ふ……っ、ぅぅう……ッ」

「君は声を出すのが憚られる状況の方が、気持ちいいみたいだね。反応がいい。もしかして他人に聞かれたい願望がある？」

意地悪く言葉で嬲り、より一層手の動きを加速した。彼女が感じる場所は、全部把握している。どんな風にすればいいのかも。

人差し指も追加し、蜜道内で指を曲げれば、レノがビクッと痙攣した。

「……ぁ、あああ……っ」

達する顔をじっと眺める。一つも取りこぼしたくなくて、瞬きすら忘れた。

汗ばむ肌も、快楽に歪んだ表情も、忙しない呼吸も、乱れた髪も見逃したくない。唇が艶めかしく動き、愛らしいそれが先ほどまで自身の肉槍に触れていたと思うと、より堪らない心地がした。

全て、隅々まで支配したい。汚したい。

穢れたものへ口づけても、彼女の清廉さは陰らない。それがもどかしくもあり、欲望の火種《ひだね》にもなった。

「……っ、そのまま腰を落として」

「ぁ、駄目……待ってまだ……っ」

息を整える猶予も与えず、どれだけ彼女に飢えていたのか。自分でも笑ってしまう。こんなに焦るのは後にも先にもおそらく今回だけ。

リュカは久しぶりの行為だからと言い訳し、渋るレノの腰を強引に摑んだ。

「は……ぁ、あああッ」

もはやあまり余力が残っていなかった彼女がこちらの力に抗えるはずもなく、引き下ろされれば膝立ちの体勢を保てなかった。

泥濘《ぬかる》んだ入り口を抉《こ》じ開けて、半ば無理やり剛直を咥え込ませる。一気に最奥を貫けば、レノがいやらしく内部を収斂させた。

「……っ」

やわやわと蠢く内壁が、リュカを歓迎してくれているのだと勘違いしそうになる。この関係は『強制』や『脅迫』と呼ばれるものでしかないのに。

現実を改変したくなるほど、繫がっている間は冷静でいられない。本能を剝き出しにして、リュカは彼女の中を穿った。

「……あっ、ひ、ぁあんッ」

身体を弾ませ、レノが艶声を上げる。根元まで全て屹立を突き入れ、荒々しく上下に彼女を揺さぶった。合間に腰を前後にくねらせて、花芯も刺激する。

すると淫道が引き絞られ、締めつけられた楔は、より強く漲ってレノの内側を摩擦した。

向かい合い座っているため、つぶさに彼女の反応を堪能できる。快感に悶える表情が堪らない。もっと乱れさせたくて、下から鋭く突き上げた。

「あ……っ、ァああッ」

淫液《いんえき》を飛び散らせ、打擲音が大きくなる。レノの眦《まなじり》から涙が伝い、快楽を貪る姿は凄絶《せいぜつ》に官能的だった。

彼女の上半身はきっちりと騎士服を纏ったまま。それがとても背徳的でゾクゾクする。

思い返せば、呼び出す際はいつも私服だったので、団服のレノを抱くのは今日が初めてだ。

まだ彼女について知らないことがあると思えば、『全部知りたい』と貪欲に思った。

「や、ぁあっ、も、イッちゃ……っ」

「いいよ」

「声、出ちゃう……っ」

珍しく甘えた声音で言われ、脳のどこかが焼き切れた。

思考力が鈍麻する。代わりに欲望や本能が肥大した。欲する気持ちに抗えない。

涙ぐむレノの後頭部に添えた手を引き寄せ、噛みつくのに似たキスを交わした。そのまま一際強く腰を突き上げる。何度も、繰り返し。

絡みつく媚肉を引き剝がし、最奥を抉じ開けんとばかりに。

「んん……んんんッ」

熟れ切っていた彼女の隘路が成す術なく収斂し、リュカの昂ぶりを締めつけた。意識の全部を持っていかれかねない快感が突き抜ける。

吐精《とせい》の衝動に逆らえず、強くレノを掻き抱く。白濁をぶちまけて、彼女の内側を思う存分汚してやった。

いっそ、胎内から侵食したい。外側から干渉しても、レノはきっとリュカに染まってくれないから。

――ご立派な正義感なんて捨てて、堕《お》ちてくればいいのに。

「は……」

自分でも驚くほどの量が子宮を満たしていることだろう。もし、避妊薬を飲んでいなければ、子を孕んでもおかしくない。

これまで一度たりとも我が子を望んだことはなく、あの『父親』の血を引く子どもなど考えるだけで気分が悪くなった。

自分が親になれるなんて欠片も思えないし、なりたいとも願っていない。

――なのに、何故僕は――

避妊薬をレノに渡したことを、悔やんでいるのだろう。手渡した当初は、迷いなんて露ほども抱いていなかったはずだ。むしろ彼女が飲み忘れたり、苦さを厭ったりしないよう、美味しいと評判の飴玉までつけてやった。

色々なことが矛盾している。

しかもいくら考えても分からない。己の心のうちなのに、全てが曖昧で混沌の中だ。覗き込む度、混迷が深まった。

動いたせいで、背中の傷が少し熱を帯びている。それを言い訳にして、リュカは深く考えることを放棄した。

今は久しぶりに味わったこの愉悦の余韻を堪能したい。

何も嗅ぎ取れないとしても、レノの首筋に鼻を埋めて大きく息を吸い込んだ。

5　その手を取って

大抜擢である。

普通に考えれば、平民出身で、まだ二年目のレノがこんな任務につくことはあり得ない。

これといった実績もないのだ。順当にいけばもっと熟練の者か、名が知れた者でなければ務まらないだろう。

しかしレノに白羽《しらは》の矢が立ったのは、直前で担当するはずだった女性騎士が体調を崩してしまったためだった。

彼女はレノの直属の上司でもある。そこで、自分の次に腕が立ち信頼できる者として、レノを推薦《すいせん》してくれたのだ。

王女の護衛として。

国王の在位二十年を祝う宴では、成人した王族全員が一堂に会する。当然警備は常以上のものになり、普段の人員ではとても足りない。そこで近衛隊や王城警護を担う騎士らだけではなく、レノたちも駆り出されることとなった。

とはいえ本来は、来賓客の安全確保や会場の巡回が主な役割であり、直接王族と関わる予定はない。しかし第四王女の護衛の一人であった上司が任に就けなくなり、急遽《きゅうきょ》代わりにレノが推挙《すいきょ》されることとなったのである。

「責任重大だと思うけれど、貴女なら任せられるわ。胸を張って職務を果たしなさい」

出自に関わらず自分を評価してくれた上司には、心から感謝している。

他の女性騎士らから嫉妬や嫌味を向けられても、『ちゃんと見てくれている人がいた』事実で、レノは誇らしさを胸に了承した。

初めての大役。エマリーも頑張れと背中を押してくれた。

気後《きおく》れがなかったと言えば嘘になるけれど、それ以上にやる気が満ち溢れていたと言っても、過言ではない。

自分にこれほどの機会が巡ってくることは、そうそうないだろう。

今後のため、色々な人と繋がりを結べるのも喜ばしい。つまり、断る理由は一つもない。

レノは二つ返事で大役を引き受けた。

――それに……リュカ団長だって『おめでとう』と言ってくれた……あれが一番励みになったかもしれない。

ぎくしゃくしたものを抱えつつも、名前のつけられない関係を続けて既に半年近く。大怪我をした彼は、早くも任務に復帰している。その回復力と体力には、舌を巻くばかりだ。

勿論、まだ激しく動くことは厳しいようだが日常生活に支障はなく、あの事故について知らない者も多いかもしれなかった。その上、怪我の影響があったとしても、リュカ以上に腕が立つ騎士はいやしない。

――まさかそんなリュカ団長と同じ任務に就けるとは思わなかったな……

彼は王太子の警護で、レノは第四王女の警護だから、厳密には『同じ』ではない。しかし、国家行事に関わる重要な仕事の一翼《いちよく》を担《にな》えるなら、心が躍らずにいるのは無理だった。

レノの身分では、王宮内へ足を踏み入れる機会は滅多にないのだ。

浮かれている場合ではないと己を律しても、高揚感は拭えない。

煌びやかな世界に目を奪われ、もっと実力を認められたいとも願う。それは巡り巡って、市井《しせい》の人々を助ける力にもなるはずだ。

弱い人たちを守るには、レノ自身も力を身につけなくてはならない。その足掛かりとして、この大役をまずは完璧にこなそうと、固く心に誓った。

――頑張ろう。色々考えなくちゃならないことはあるけれど……とにかく今は目の前のことを片づけないと。せっかく私を信頼して任せてもらった仕事だもの……！

緊張しつつ打ち合わせを重ね、ついにやってきた宴の当日。

騎士の盛装《せいそう》に身を包んだレノは、第四王女の後方につき従っていた。晴れの日を祝おうと、会場内にはそうそうたる顔ぶれが集まっている。

王家の人々や、国の重鎮《じゅうちん》、高位の貴族。国外からの来賓《らいひん》。王城の外も今日は祭りだ。

王都中が飾りつけられ、そこかしこで歌声が響き、酒が振舞われていた。国を挙げての祝祭を成功させようと、役人たちは大わらわ。

失敗は許されない。万が一にも何かがあれば、国の威信《いしん》にかかわる。警備にあたるレノは気を引き締めて周囲への警戒心を怠らなかった。

今のところ、不審者や不穏な動きの情報は入っていない。至極予定通りに式典は進んでいる。

そんな中、レノはやや離れた場所に立つリュカを見つけた。

普段の団服よりも華やかな装いは彼の美しさを際立たせ、かなり目を惹く。女性陣の大半は頬を染め、チラチラとリュカを見ていた。

金の髪は後ろへ丁寧に撫でつけられ、真剣な表情と相まっていつも以上に端正だ。「柔和な笑みもいいが、厳しいお顔立ちも最高」だと囁いている令嬢もいた。

その発言には、レノも同意しかない。彼以上に容姿が整った男性も、団服が似合う人もいないと思う。

そんなことを考えている場合ではないが、ほんの数秒見惚れたのは事実だ。

――仕事中のリュカ団長は、とても素敵……非の打ち所がない。

もしかしたら、こうして少し離れた場所から憧れの眼差しを注いでいるくらいが、自分には丁度いい距離感だったのかもしれない。

彼の本質に触れることなく、裏側を知ることもなく。そして悲しい過去を聞くことなく。芸術品や偶像を鑑賞する気分を味わっているだけなら、きっと文句なく幸せだった。

今日も、ときめきと尊敬を胸に、輝く夢のみを見ていられたはず。

――リュカ団長への敬意は変わらない……だけど、以前と全く同じではいられない。

純粋でまっすぐだった想いは今、明らかに形を変えている。その変質を『歪み』や『濁り』と呼ぶのかどうかは考えたくない。

だが、単純に煌めいていないことは真実だった。

リュカに身体を張って助けてもらい、感謝しているし感激もした。

しかしあれは彼にとって、『利益』があったからだ。別にレノのためではない。リュカの見舞いに行った際、もしかしたら『レノが大事だから助けた』と言ってもらえるのではないか、秘かに期待していた。そうでなくても、見返りを求めない献身を取り戻してくれたのではないかと。

だが、違った。全てはレノにとって都合のいい妄想。そのことを痛感してしまった。

――だったら不毛な関係を、私たちはいつまで続けるんだろう。リュカ団長が飽きるまで……あの人が他の誰かを選べば、それが一番穏便で手っ取り早い。でも彼は結婚する意志がないから令嬢たちを断っているのよね……ああ、駄目。他のことを考えている場合じゃない。私は今、王女様の警護に当たっているんだから、しっかりしないと！

彼の姿が視界に入ったことで、緊張の糸が途切れたのは否めない。

レノは一度強く目を瞑り、気を引き締めた。その時。

「噂に違わず、本当にリュカ団長は見目麗《みめうる》しいわね。お姉さまがご執心なのも頷けるわ」

十六歳になったばかりの第四王女が気取《きど》った口調で呟いた。今年成人とみなされた彼女が、公式の式典に出るのは今日が初めてだ。そのため、どこか背伸びしているのが愛らしい。

王族特有の青紫の瞳に淡い金の髪は美しく、末っ子として家族から可愛がられている。

そして、彼女の一つ上の『姉』は国一番と謳われる美貌の持ち主だった。

「まぁ、王女様ったら」

「私、この前聞いちゃったの。お姉さまはリュカ団長をご自身の近衛隊に迎え入れたいそうよ。そしていずれは婿にと望んでいるみたい」

「王女様、噂話はほどほどになさいませ」

侍女長に窘《たしな》められ、王女が不満そうに口を尖らせた。だがすぐに扇《おうぎ》でそれを隠す。

もごもごとした言い訳は、かなり不満げだった。

「何よ、みんな薄々知っていることじゃない。そ、それにお姉さま自身が言っていらしたのよ？　リュカ団長が相手でなければ、嫁ぎたくないって――」

「今ここでする話ではありませんね。後ほど王妃様に報告いたしますよ？」

「え、それは駄目！」

娘たちに甘い国王と違い、王妃は礼儀作法に厳しいと聞く。こういう場で第四王女が身内の話をペラペラ口にしたと知れば、叱責《しっせき》はやむなしに違いない。

母親に叱られると悟った娘は、大慌てで口を噤んだ。

「分かったわ。大人しくしている。だ、だけど私、嘘はついていないし、お父様だって乗り気の話なのよ」

「真実だからところ構わず何でも口にしていいわけではありませんのよ」

侍女長にぴしりと言われ、第四王女はしおらしく頷いた。根は素直な少女なのだ。

周りに控える侍女らも、微笑ましく見守っている。

その中でレノだけが動揺を隠せずにいた。

――リュカ団長と第三王女様が……婚姻？

あり得ない話ではない。

既に第一、第二王女は他国に嫁いでおり、現在、結婚で同盟を強めなくてはならない国はなかった。ならば国内の有力貴族と姻戚《いんせき》になり、力関係を整えるのも大事なことだ。

その点、グロスター伯爵家ならば遜色《そんしょく》はないだろう。

美貌の名高い第三王女の降嫁《こうか》となれば、どこの家門も諸手《もろて》を挙げて大歓迎に決まっていた。最高の誉れだ。

リュカ自身、国を救った英雄として国民からの人気が高い。王家としても彼を一員に迎えたいのが本音ではないか。そうすれば王家への支持も高まるに違いなかった。

ようは、これまでそういう話が出ない方が不思議だったのだ。

――いくらリュカ団長に結婚願望がなくても……流石に王家からの打診を断れるはずがない。正式に提案されたら、それは命令と同義だ。

ドクリと心臓が嫌な音を立てる。

レノはギュッと己の拳を握りしめた。

――それに婚姻相手が王女なら、リュカ団長もこれまでのような真似は、難しくなる。だとしたら誰にとっても望ましい結果になるんじゃない……？

軽々しく他者を傷つけられる立場でなくなれば、彼の凶行も抑制される可能性があった。リュカの手綱を握れるのは、第三王女のように全てを生まれながらに持っている人なのかもしれない。

――私には……どれだけ言葉を尽くしても無理だった。彼に必要なのは、王女様……？

これ以上リュカに過ちを犯してほしくない。どんな形でも被害者を生み出したくなかった。彼の行動の根底には、『不快感』がある。だとしたら、それを感じさせなければいい。

――王女様なら、あらゆるものをリュカ団長に与えられる。不愉快な要因を排除できる。何もできない私より、彼を支えられる力を持つ人が傍にいた方がいいに決まっている。

その点、第三王女なら申し分ない。リュカの『家族』にだって対抗できる。非道な親族から彼を守ってくれるはずだ。

リュカにしてみれば、この上ない後ろ盾。グロスター伯爵家とて他の貴族を相手にするのと違い、いくら何でも王家においそれと口出しできるわけがなかった。

――リュカ団長は犠牲を払うことなく最高の利益を手にできる。それなら、あの方が結婚を断る理由はないわ。彼は心ではなく、損得を何よりも優先する。私だって解放される。いいこと尽くめじゃない。万々歳よ。――……なのに何故、こんな気持ちになっているの？

胸が痛んで苦しい。

平気なふりをして立っていても、レノは顔が歪むのを抑えきれなかった。少しでも気を緩めれば、口元が震えそうになる。それだけでなく、どうしようもなく込み上げてくるものがあった。

鼻の奥がツンと痛み、視界が滲む。深呼吸して散らさなければ、涙が溢れてしまいかねない。泣きそうになっている自分に驚いたのは、誰よりもレノ自身だった。

――喜ぶべきことなのに、私はどうして悲しくなっているんだろう？

リュカとあんな関係になって以来、情緒《じょうちょ》がめちゃくちゃだ。短期間のうちに気持ちが掻き乱され、反転する。昨日と今日、一日の間にも考え方が変わった。

彼のために何かできないかと傲慢な正義感を振りかざし、無力感に苛まれる。彼を恐れ、惹かれ。このままではいけないと焦って、空回りする。

リュカの一挙手一投足に一喜一憂し、同じ場所でグルグル悩んでばかり。

――ひょっとしたら私、『身動きが取れない』ふりをして、『現状維持』を望んでいた……？

強制されているから仕方ないと言い訳し、彼の傍にいられることに欠片ほどの喜びも抱いていなかったと断言できるだろうか。

どんな形でも必要とされている錯覚が、心地よくなかったと言い切れる自信はない。

一つハッキリしているのは、強盗犯が目の前で殺されることでもなければ、自分とリュカの道が交わるなんてなかったという事実だけ。

人の死を礎にして成り立っている歪な関係。それが、レノと彼との繋がりだった。

――こんなの、健全じゃない。私は……

ブルッと頭を振る。

考え事にかまけていないで、警備に集中しなくては。

レノは思考を遮断《しゃだん》し、目の前の現実に意識を戻した。丁度、国王夫妻が入場してくる。

王子王女らは、先に一段低い場所に待機していた。

レノが仕える第四王女は左端。対して王太子とリュカは国王の隣、中央寄りだ。王族の伴侶《はんりょ》、その子らもいるので、人数はかなりのものになる。

深々と頭を下げる人々へ鷹揚《おうよう》に手を振り、国王が着席し、その横へ王妃が腰掛けた。

この後は王のお言葉があり、続いて各国の代表者から祝辞が述べられる予定だ。

それらが終われば、宴へと移行する。

会場へ入れるのは、身元のしっかりした招待客と、従者のみ。そのため、殺気立って警戒心を剝き出しにする必要はない。とはいえ油断は禁物。

レノは背筋を伸ばし、周囲に隙なく視線をやった。その時。

「きゃぁああっ」

甲高い女の悲鳴が響き渡った。それも会場の半ば辺りで。

当然声を上げた女性へ人々の視線が集中し、どよめきが広がってゆく。

レノも、騒ぎが起こる方向へ注意を払わずにはいられなかった。

だがそれが間違いだと気づいたのは、リュカが素早く動いたのが視界の端に映ったためだ。

「下がって！」

剣戟《けんげき》が響き渡る。会場へは、警護を担う者以外武器の類は持ち込めない。だが今リュカに渾身の一撃を止められている男は、細く長い剣を所持していた。

「な……っ」

男の格好は、隣国から来た来賓の随行者《ずいこうしゃ》だ。この国の衣服とは違う、足首まである長い上衣を羽織っている。身体の線を拾わないストンとした形は、見るからに凶器を隠しやすい。

一応所持品検査はあっても、高貴な相手に身体検査を義務付けることは難しく、形だけのおざなりなものになりがちだ。だがだとしても、友好関係を結ぶ国の使者が、まさかこんな暴挙に出るとは誰が予想できたのか。

誰もが啞然としている。レノも一瞬反応が遅れた。けれどすぐに正気を取り戻し、第四王女の前に躍り出た。

「王女様を安全な場所へ避難させてください！」

「あ、ああ、了解した！」

他の騎士に声をかけ、自らも剣を抜く。会場内は大騒ぎになり、人々が出口へ殺到していた。下手に動けば人に押し潰されかねない。

どうやら悲鳴を上げた女性は陽動《ようどう》だったらしい。今や制御のきかなくなった集団が右往左往していた。

「王族専用の脱出口へ……！」

壇上ではリュカと男が睨み合っていた。いつの間にか襲撃者は増え、他の騎士らと斬り合っている者もいる。狙いは、国王と王太子であるのが明らかだった。

――ここじゃ狭い……っ、王家の皆様を庇いながらでは、思うように動けないわ……！

混戦模様になった中、逃がせる者を離脱《りだつ》させる。レノは第四王女らを追わせないよう、彼女たちが逃げた道を塞ぐ形で立ちはだかった。

――あまりにも無謀すぎる……っ、こんな襲撃が成功するわけがない。

国の慶事《けいじ》に泥を塗ることが目的だとしても、あり得ない。暗殺を狙うなら、他にいくらでも方法はあったはずだ。

レノは、本当に警戒すべきは宴での飲食だと考えていた。

酒が入れば気が緩む。毒を仕込む機会だって巡ってくる。

対象者にさりげなく接近するのも、不可能ではない。警備体制もそちらを重点的に組まれていた。

――まさか内通者がいた？　だとしたら――

わざわざ失敗する計画を立てる意図が分からない。単純に騒ぎを起こすにしては、被害が大きい。捕らえられれば、犯人は確実に処刑される。背景だって探られるに決まっていた。ならば、最低でも目的を達成しなくては意味がないではないか。

——もし私なら、どう行動する？　陽動が一つとは限らない。実行犯が使い捨てなら、それもまた目を眩ませるためにすぎないんじゃ——

レノは反射的に二階席へ視線を走らせた。

そこは今日、立ち入り禁止になっている。それなのに動く人影を見つけ、愕然とした。

——弓……っ！

矢が狙う先は王太子。

国王と王妃は騎士らの尽力で退路を確保していた。

リュカは襲撃者からの剣を受け王太子を守りながらも、二階席の暗殺者に気づいたのだろう。向かい合った敵を一刀で斬り捨て、王太子を振り返った。

「王太子様をお守りしろ！」

「駄目……！」

複数の男たちがリュカへ刀を振り下ろす。使い捨てであっても、襲撃者らの腕は侮《あなど》れないものだった。それとも死を覚悟しているせいで、自らの命を顧みていないからなのか。

死に物狂いの人間に大勢で取り囲まれては、さしものリュカも簡単には捌《さば》ききれないらしい。次第に押され始めている。

王太子も自ら応戦しているが、脱出口から遠ざかっていた。

今や壇上にいるのは、王太子と彼を守る騎士たち。いくら斬っても湧いてくる襲撃者。そしてレノ。

二階席から暗殺者が照準《しょうじゅん》を定める。リュカがその射線上《しゃせんじょう》にわざと身を曝した。彼は自らの身体で主を守るつもりだ。勝機《しょうき》があるのか、それともこの状況で逃げるのが得策ではないと判断したのか。

「リュカ団長！」

考えるより先に、レノは飛び出していた。

矢が放たれたのとどちらが早かったのかは分からない。頭の中は真っ白で、全力で走った。いつも色々な意味で心を占めている人の元へ。

いつかと同じように全ての光景がゆっくり見えたのは覚えている。

驚愕に目を見開くリュカ。血を流す同僚。邪魔な敵。無数の刃。飛んでくる矢。

他の感覚は閉じられて、視覚だけが研《と》ぎ澄まされる。

間に合ったと安堵した刹那、背中を衝撃が貫いた。

「レノッ！」

消えていた音が、彼の絶叫でよみがえる。痛みよりも感じたのは熱さ。燃えるように背中が疼く。そう思った次の瞬間に、レノは吐血していた。

「……ぐふっ」

おそらく、毒。矢尻に塗られていたのだろう。確実に相手の息の根を止めるために。

全身が冷えてゆくのに汗が止まらない。視界はグルグル回り、もはや立っているのは困難だった。膝をつき、その場にくずおれる。

「邪魔だ、どけっ！」

襲撃者の一人が、レノに刀を振り下ろす。弾いたのは、これまで見たこともないほど顔を歪めたリュカだった。

「……殺してやる」

怨嗟《えんさ》の籠った声は低く険しい。瞬間的に、味方までが竦んでいた。

――そんな顔……人前でしていいんですか……？　他の人に、隠している素顔を見られてしまいますよ……

床に倒れ伏したレノは、重くなる瞼を引き上げた。視界はどんどん狭く暗くなってゆく。

だがその中で、彼の姿だけが鮮やかに目に焼きついた。先ほどまでと明らかに様子が違う。

怒りを通り越したような形相《ぎょうそう》で、リュカは立て続けに敵を屠った。その太刀筋に、迷いは微塵もない。黒幕の証言を得るため、一人は生かしておかなければならないことも、頭

から抜けているようだ。

慈悲の欠片を施すことなく、正確に仕留めてゆく。さながら悪魔か化け物の如く。

正確無比の剣捌きは、人の範疇を超えていた。

一刀で首を落とせる者は、通常ほとんどいない。相当な力と技術がいる。それらを持っていたとしても、普通は躊躇してしまうものだ。

けれど突然人が変わったのかと訝るほど、リュカは動きを変えた。

まるで『誰に見られていても関係ない』と言わんばかりに。一刻も早く決着をつけ、レノの元へ駆けつけたいとでも言いたげに。

――駄目……貴方は作り上げた自分の印象を、大切にしているんでしょう……？

いつだって他者の目にどう映るかを計算していたはずだ。

優しく誇り高い、清廉な騎士団長。何事にも公平で、高潔な人柄。そうやって人々に印象付け、居場所を作ってきたのではないか。それなのに。

――恐ろしい顔で犯人たちを虐殺《ぎゃくさつ》すれば、周囲の貴方を見る目が変わってしまう……

今だって、敵も味方もリュカの恐ろしさに慄いている。王太子も愕然としていた。

返り血を浴び、最後の一人に止めを刺す。さらに騎士の一人から弓を奪い取り、二階席にいる暗殺者を射った。

一切無駄のない動きで。こんな時でも――いや、こんな時だからなのか彼はゾッとするほど美しかった。

たとえるなら、生存競争の頂点に立つ獣。人間の営みなど歯牙にもかけず、高みから見下ろしてくる孤高の生き物だった。

――リュカ団長は、弓も得意だったんだ……

逃げようとしていた暗殺者に命中したのを見届けて、レノは微かに笑った。

まるでレノが傷ついたことで、激高《げっこう》してくれたように思える。そんな幻想を抱けるなら、このまま終わりが訪れても幸せだった。

――駄目だ……やっぱり私、この人が好き……

いくらごまかしても、気持ちは消せない。見ないふりをしても、消えてなくなるわけでもなかった。

憧れは恐怖に塗り潰され、そして見えていなかった本当の姿に触れる度、少しずつ愛しさに変化した。あんなに分かり合えないと傷つきながら、恋に堕ちてしまった自分は愚かとしか言えない。

人の心はつくづくままならず、不可解だ。レノは薄れてゆく意識の下で、彼への恋心をようやく受け入れた。

もうほとんど何も見えない。呼吸が詰まり、声を出すのも無理だ。

呻くことすらできないレノはしかし、リュカに抱き起されたのを感じた。

——ああ……リュカ団長の香り……やっぱり大好き……

心が安らぐ。彼にこうして抱きしめられて死ねるなら、そう悪くない人生だったかもしれない。愛しい男の腕の中で眠れるのだから。

心残りは家族のことだが、殉職《じゅんしょく》した騎士の遺族には、纏まった金が支払われる。だから、安心して逝けると息を吐いた。

「……すぐに医療班がくる。だから、心配するな」

いつかの状況と反対だ。

背中に傷を負ったレノをリュカが抱き留めてくれている。それが、何だか妙に面白かった。

あの時、彼もこんな気持ちだったのだろうか。だとしたら、嬉しい。今自分の胸にあるのは、リュカが無傷であることへの満足感だけなのだから。

——貴方が無事でよかったです……

伝えたい思いがあるのに、もう唇は動かなかった。喉も舌もピクリともしない。レノに今できるのは、閉じてしまいそうな瞼を震わせること程度。

けれどそこへ、ポタリと落ちてくる滴があった。

――これは、何……？

たぶん、液体だ。温かくて、次々に降り注いでくる。レノの頬や鼻も濡らしていった。何も映してくれない瞳を瞬く。音も段々遠退いていく。このまま聞こえなくなってしまうのか。せめて最期にもう一度、彼に自分の名前を呼んでほしいと願った。

――私、貴方の声も大好きでした……

「レノ……っ、絶対に大丈夫だ」

嗚咽交じりの声が、耳に届く。驚きのあまり、それがリュカの言葉だと気づくのに時間がかかった。

何故ならレノの勘違いでないのなら、彼が泣いている。およそ感情を人前で露わにする人ではないのに。

――じゃあこの水滴は、リュカ団長の涙……？

泣かないでくれと悲しくなる。それ以上にとてつもなく嬉しい。

彼が心を震わせている。これまで巧妙に作り上げた『理想』の人物像の中に、『涙をこぼす』ことはおそらく入っていない。

この国で男性――それも強さの象徴ともいえる騎士団に所属していて、人目を気にせず泣くのは恥ずべきこととされている。

この場には、リュカが素の自分を絶対に見せたくない人ばかりが集っていた。にも拘らず、彼がとめどなく涙をこぼしている。

たぶん、レノを思って。

「……っ」

これは計算などでは決してない。その証拠に嗚咽が激しくなり、彼の手は如実に震えていた。見えなくても分かる。

伝わってくる気配と熱。物音と慟哭《どうこく》。

全てが絶大な悲しみと怯えを示している。レノを喪《うしな》うことを恐れているのか、リュカが縋りつくように強く抱きしめてきた。

――ああ……何故、分かり合えないなんて考えたんだろう……この方は、ちゃんと私と同じ感情を持っているのに……

大丈夫だと伝えてあげたい。

この寂しくて歪な、それでいて心の奥底に豊かな感情を隠し持っている人に。『貴方は一人じゃない、私がいる』と告げられたらどんなにいいか。

でももう駄目だ。

辛うじて残っていた意識も黒く塗り潰される。

自分の名前を呼んでくれる彼の声を聞いたのを最後に、レノは暗闇に呑み込まれていった。

レノが目を覚ましたのは、それから三日後だった。

とはいえ瞼を開いただけで、意識が完全に戻るまでには、そこからさらに一週間が必要だった。

矢で受けた傷よりも、毒の影響が大きく、ずっと高熱に浮かされていたためだ。幸いにもレノに体力があったことと、優秀な医師の尽力で速やかに解毒剤が用意されたことにより、無事回復できた。

今のところ後遺症もない。これは奇跡と呼ぶにふさわしいらしい。

一時はかなり危なかった。家族には、可能なら王都まで来るよう、伝令まで送られたというから、驚きである。

母が泣きながら飛んできたが、今は娘が快方《かいほう》に向かっていることに安堵し、家族の元へ帰っていった。

父や兄妹たちにも相当心配をかけてしまい、反省しきりである。

それでも、全ては助かったからこその笑い話だ。

レノはベッドの上で、すっかり筋肉が萎えた自らの腕や脚を摩った。

十日も完全に寝たきりだと、人体はあっという間に衰《おとろ》える。

あの襲撃事件が起きてからもう半月。レノの熱は下がり、先日から機能回復訓練を始めたばかりだ。元の身体に戻るには、まだまだ時間がかかりそうだと溜息が漏れた。

――全ては命あっての物種《ものだね》だけどね……本当、生きていてよかった。

物心ついてから、こんなに長く休んだのは初めてで、寝付いたことに関しては、人生初。これまで病気や怪我と無縁だったのは、運がよかったのだと改めて感じた。

――両親には、丈夫に生んでくれてありがとうと言わなくちゃ。次に休暇が取れたら、一度村に帰ろう。

あまり郷愁《きょうしゅう》を抱いたことはなかったものの、気力が弱っているせいか急に故郷が懐かしくなった。

隣近所の住民にも会いたい。幼馴染たちはどうしているだろう。弟妹はきっと大きく成長したに違いない。お土産を沢山持って帰ったら、大喜びするはずだ。

そんなことをつらつらレノが考えていると、病室の扉が今日も突然開かれた。

「……ノックくらいしてください。ここは一応、女性入院棟ですよ」

「毎日同じ時間に顔を出すのだから、そろそろ覚えてもいいんじゃないか」

こちらの許しもなく入室してきたのは、リュカだった。彼は、レノの意識が戻らない間も、こうして見舞いに来てくれていたらしい。

時間が許す限り、ずっと傍につき、手を握ってくれていたのだとか。

――想像できない。私の意識が完全に戻った時には、結構な無表情だったくせに……笑顔でも泣き顔でもなく、リュカは食い入るようにレノを凝視していただけだった。その後医師らがやってきて、あれこれ検査されたので、ろくに話もできなかったのだ。

故に、レノが毒矢に倒れた際、彼が泣いていたのは、自分の勘違いだったのではないかと今では思っている。

よく考えたら、リュカがレノ如きのために公衆《こうしゅう》の面前《めんぜん》で涙をこぼすはずがない。たぶんあれは、死にかかったせいで見た（感じた）幻なのだ。そうに決まっている。

しかしあれから一日も欠かさず彼は病室へ同じ時刻にやって来ていた。

特に何をするでもなく。会話がこれといって弾まなくても。

――でも下手にわざとらしく喜ばれたり、嘘臭く感激されたりするより、何だかホッとした……だってそれは、リュカ団長の外面だもの。私にはそういう演技を見せる必要を感じず、でも本気で気にかけてくれているってことだものね……

多忙な中、時間を割いて病室に足を向けてくれているだけでも感謝だ。

エマリーだって、流石に毎日は来ない。勿論レノにそれを詰る気持ちは毛頭《もうとう》なかった。

――こうして日参《にっさん》してくださるリュカ団長が、少しおかしいのよね。ものすごく忙しいに決まっているのに。

「……無理をしなくても大丈夫ですよ？　お仕事、溜まっているのではありませんか？」

「君が気にせずとも、全て終わらせている。僕の能力を疑うのか？」

「そうではありませんが、リュカ団長だって怪我から復帰されたばかりですし」

「あれはもう、二か月以上も前だ。とっくに全快している」

もう何度目か知れない会話を今日も交わし、後は沈黙が訪れた。

これまで二人で過ごしたのは、身体を重ねる目的のためだ。行為がなければ、正直時間を持て余す。何を話せばいいのか戸惑ったまま、面会時間の終了と共に彼が帰っていくことも珍しくない。

さりとて、居心地が悪いのとも違った。

――黙ってぼんやり二人で過ごすのも、案外嫌いじゃないわ……

初めのうちは必死に話題を探したけれど、最近は静寂を楽しむ余裕もある。リュカも同じなのか、口を閉ざしたまま二人窓の外を眺めることもあるくらいだ。

同じ空間でゆったり流れる時間に身を任せるのも悪くない。そんな風に思い始めていた。

――今日もリュカ団長は特に何も喋ることなく、お帰りになるのかな……

聞きたいことは山ほどある。

あの暗殺者らはどうなったのか。黒幕や背景は。犠牲者の規模は如何ほどか。それから、リュカと第三王女との婚約話は進展したのか――

襲撃事件については、ぼんやりと聞き及んでいる。エマリーが仕入れた情報を持ってきてくれるからだ。

彼女曰く、現場にいた実行犯は弓を使った者以外、全員死亡。裏で糸を引いていたのは、先の戦争で併合《へいごう》された国の残党であったらしい。

しかし、箝口令が敷かれているらしく、あの場にいなかった彼女は全ての情報を手に入れられなかった。

故に詳細は不明だ。生き残った犯人がどこに収監されたのかも。詳しい犯行理由も。

ならばレノがリュカに問い詰めたところで、素直に話してもらえるとは思えない。あの件は、上層部で話がつけられたのだろう。

下手に外部に漏れれば、国の威信に傷がつく。ここは内々に処理した方がいいと判断されても不思議はなかった。

幸運なのは、どうやらこちらや来賓客側に死者はなく、重傷を負ったのがレノのみだったことかもしれない。

——私以外誰も被害に遭わなかったのなら、本当によかった。——襲撃犯たちのことは……残念だけど、あの場で躊躇えばおそらく取り返しのつかない事態になった……

それくらいはレノにも分かる。だから独りよがりな正義感で、『もっと他にやりようはなかったのか』とリュカを責めるつもりもなかった。その資格も、自分にはない。

命の優先順位で言うなら、あの場で守るべきは王太子だった。

迅速にリュカが決着させてくれなかったら、レノは確実に命を落としていたし、被害はもっと甚大《じんだい》なものになっていたに決まっている。

それなら、『殺してはいけない』とももはや偉そうには言えない。

拾った命はやはり惜しい。

あの時死ななくてよかったと思っている自分がいるのを、レノは認めざるを得なかった。

——たとえこの先、リュカ団長が王女様と結ばれるのを見る羽目《はめ》になっても……

国王が乗り気の縁談ならば、もう本決まりだ。その上彼なら、こんな機会を逃がすわけがない。望むものはあまねく手に入れられる。権力も地位も財力も。美しい妻まで。

誰が考えても、得しかない話なのだ。仮にリュカでなかったとしても、断る馬鹿がどこにいる。ユリアンナの時とは話が違う。

レノが騎士団に完全復帰できる頃には、おそらく結婚の話は本格的に進んでいるはずだ。そうなれば、こんな風に自分たちが二人きりで顔を合わせることはなくなる。

今だって、『見舞い』の名目がなければ、彼が女と会うのを見過ごされるとは思えなかった。

――私、いつ『今日が最後』になるのか、怯えている……

ノックをせずに入室してきたのを注意する素振りで、その実《じつ》、今日もリュカが顔を見せてくれたことに安堵していた。

駄目だと己を戒《いまし》めても、踊る心は止められない。勝手に心音が速まり、彼に傍にいてほしいと願ってしまっていた。

リュカを、愛しているから。

認めてしまえば、こんなに単純なことはない。

好きだから近くにいたいし、多少無茶を言われても、受け入れたくなってしまう。欠点よりも愛しいところばかりが目に入り、隣にいられる理由を探したくなる。

これまでの矛盾は全て、レノが彼に恋していたためだ。理性は冷静に警告を発していても、何だかんだと言い訳して、結局不実な関係を続けてしまった。それが、何よりの証拠だ。

突き詰めれば、どんな理由でもリュカに求められたかったのだと思う。

——だけど、それももう終わり。

これから彼は第三王女の婚約者になる。別の女に関わっている時間はない。

必然的にレノとの関係は終焉《しゅうえん》に向かっていると、己に言い聞かせた。せめて幕引きは鮮やかに。みっともない姿を見せたくなくて、レノは切り出す言葉を懸命に探した。

「……おめでとうございます」

だが絞り出せた台詞はこれだけ。

笑顔で言えたことが救い。ところが前置きがない言葉は上手く伝わらなかったのか、リュカは胡乱《うろん》な眼差しをこちらに向けてきた。

「祝われる覚えはないが？　ああ、今回の件では王太子様を守ったことで褒賞《ほうしょう》は与えられたが……やりすぎだと叱責も受けたぞ」

「そうなのですか？」

「ああ。捕らえた一人も、結局は尋問中に命を落とした。それで少々度が過ぎていると問題になったな。くだらない。必要な情報は全て聞き出した後だから、何も問題はないのに」

何の躊躇いもなく、彼は吐き捨てた。

流石にレノも唖然とする。これまでのリュカであれば、生かして情報を吐かせ、その後利用することくらいやってのけたはず。

何せ、犯人を捕らえたことは、大勢の人間が知っているのだ。闇から闇へ葬るのとは話が違う。殺してしまえば責任問題に発展しかねない。実際、そういう声も上がったようではないか。

「な、なかなか口を割らなかったのですか？」

「いや。背景に関してはすぐに調べがついた。仲間は全員死んだと告げれば、諦めて何もかも話したよ。だが――僕は報告を遅らせ厳しく取り調べを続けさせた。それを問題視されたにすぎない」

「過ぎないって……」

とんでもない話だ。要約すれば、自白した暗殺者をその後も痛めつけ続け、最終的に死に至らしめたということになる。やりすぎだという声が上がるのは、当然だった。

「何故そんなことを……リュカ団長の評判に傷がついたら……っ」

「どうでもいい。それよりレノに重傷を負わせた責任を取らせなくては、気が済まなかった」

「え……っ」

――私のために？

予想外のことを言われ、数秒思考が停止する。

今の言い方では、まるでレノが傷を負わされたことで我を忘れ、苛烈な報復をしたように聞こえる。そんな利害の一致しないことを、彼がするはずがないのに。

「ど、どうして……犯人は生かしておいた方が後々役立つのではありませんか」

「君を殺しかけた男に、生きている価値なんてない」

「リュカ団長の立場だって、悪くなります！」

「それらを全部擲って、レノが助かるなら安いものだと思った」

まっすぐ、瞳を見つめたまま。

聞き間違えようもないほどハッキリ告げられた。この言葉を、レノが望む以外の意味に、解釈することなどできない。

もしかして、と期待が胸に広がる。その熱は瞬く間に全身へ伝わった。

「……っ、そんなことを言われたら、私誤解したくなります……っ」

「誤解？　どんな？」

「リュカ団長は間もなく第三王女様と婚約されるんですよね？　それなのに私を惑わせないでください……っ」

諦められなくなってしまう。身の程知らずにも、恋心を募らせかねない。その果てに、『愛人でもいい』と宣ってしまいそうな自分が怖かった。

人の道を踏み外してでも、たった一人を欲してしまいかねないから、恋情は厄介だ。倫理に悖《もと》る行いは、レノの考える正義から外れている。それでも――自分が茨の道に決して踏み込まないと、断言できる確信がなかった。

人は弱くて愚かしい。理想だけを掲げて生きられない。そのことをレノはリュカとの関わりで教えられた。

「――何の話だ？」

俯いて涙を堪えるレノに、不可解だと言わんばかりの声が落とされる。

本当に分からないのか。それとも分からないふりをしているのか。彼と自分との温度差に、もどかしさが募る。レノは強く拳を握りしめ、顔を上げた。

「ご結婚されるんですよね？　第三王女様から望まれていると聞きました。相手が王族となれば、普通の婚姻とは違います。誤解される真似は極力排除すべきです。いくら部下であっても――私とこうして会うのは、最後にした方がいいと思います」

ついに言ってしまった。もう引き返せない。

これからは、リュカが病室を訪れてくれるのを秘かに待つことも許されず、以前と同じように『遠くから憧れの眼差しを注ぐ距離』に戻るのだ。互いのために。

「どうか、幸せになってください……っ、第三王女様は、お心も美しいと評判です。リュカ団長とはお似合いの……っ」

「その話なら、とうの昔に断っている。いや正確には、正式な申し出が来る前に、先手を打った」

「……ぇ？」

必死に紡いだ祝いの言葉は、途中で断ち切られた。それも何の感慨もなく。

気だるげに手を振る彼の様からは、心底うんざりしているのが窺えた。

「あ、あの……？」

「確かにそういう打診がなかったとは言わない。だが僕にその気はない。王族と縁続きになるなんて、考えるのも嫌だ。確実に『父』がしゃしゃり出てくる。才覚はないのに態度だけは大きい『兄』もあれこれ口出ししてくるだろうな。そういう問題を考えれば、王女の婿に僕を迎えるのは得策ではないとさりげなく助言した。説得力があると思わせる程度には、僕の『家族』は貴族社会で厄介者らしい」

さもおかしそうにリュカが笑う。しかし、レノは頬を引き攣らせるのが精一杯だった。

「こ、これ以上の縁談はないと思いますが……っ」

「あるよ。比べ物にならないものがね」

そんな旨い話がそうそう転がっているわけがない。逆に断れば、確実に彼の立場を悪くする。娘たちを溺愛する国王が機嫌を損ねれば大変なことになるのが、目に見えていた。

「ご家族の問題があったとしても、王家の力で抑えられますよね？」

「だとしても――僕には心に決めた相手がいると譲らなければ、娘の幸せを願う親は無理強いをしない。相手の女性は子を孕んでいる可能性が高いとも伝えた。万が一僕を力で捻じ伏せれば、国民が黙っていないだろうしね」

「……っ」

絶句したのは、リュカの『心に決めた相手がいる』の一言だった。

驚きのあまり、咄嗟に声が出てこない。彼にそんな相手がいるとは初耳だ。しかし国王に対しリュカが嘘を吐くとも思えなかった。

王族を謀《たばか》ったと知れれば不敬罪に問われかねず、軽々しく口から出まかせを言うのは、到底割に合わないのだ。

「そ、そんな女性が……いたんですか？　お、お子さんまで……？」

「ああ。今、僕の目の前にね」

絶望感と衝撃で溢れそうだったレノの涙は、次の瞬間引っ込んだ。

耳にした内容が、上手く咀嚼できない。数度瞬いて、それでも幻聴か聞き間違いだと思った。

「……はい？」

「……前回追加で渡した避妊薬はきちんと飲んでいる？」

突然変わった話題に、頭がとてもついていかない。レノは戸惑いつつも、素直に頷いた。

「も、勿論です。欠かさず飲んでいます。いただいた飴玉も……」

「だったら、妊娠している可能性があるのは嘘じゃない。前回渡したのは、これまでと味は同じに調整してもらったが、避妊の効能は一切ない代物だ」

「ええっ？」

自分でも驚くほど大きな声が出た。背中の傷がやや痺れる。

痛みを感じ顔を顰めれば、リュカが大きな手で傾いだ身体を支えてくれた。

「横になるか？」

「へ、平気です。それより……今のはどういう意味ですか」

痛いなんて弱音を吐いている場合じゃない。もっととんでもない話の真っただ中ではないか。

「だから、そのままの意味だ。あの薬は偽薬。ああ、身体に悪い成分は入っていないから、安心してくれ。むしろ健康にいいものばかりだ」

この話のどこに安心できる要素がある。

レノは首を横に振り、彼に摑みかかる勢いで身を乗り出した。

「あの薬が偽物だなんて、聞いていません！」

「今初めて明かしたからね」

悪びれもせず堂々と。いっそ清々しい表情で、リュカは言い放った。

「な……っ、どういうつもりですか。もし私が妊娠したら……っ」

あり得ない。彼は子どもを望んでいなかった。そもそも自分たちはそういう関係ではなかったはずだ。

赤子ができて困るのは、リュカも同様。恋人でもない女との間に婚外子をもうけるなんて、『完璧な人物像』に影を落とすことになる。失うものが大きいのは、彼の方とも言えた。

「――そうなったらいいな、と思った。我が子を望んだことはこれまで一度もないが、レノが生んでくれるならこの手に抱いてみたい。結婚するなら――君がいい。君以外いらない。そう思ったから、逃がさない方法を考えたんだ」

手っ取り早く、効率的に。確実に逃げ道を塞ぎ、目的を達成する。

あまりにもいつも通りなリュカのやり方だ。まさか自分がまた嵌められるとは、レノも考えなかったけれども。

「わ、私の意見は……」

「聞かないよ。そんなことをして何になる？　逃がすつもりがない結果は変わらないのに」

相手の人格や都合を丸ごと無視した言い分だった。

普通なら、到底受け入れられない。関わりたくない相手だとみなし、距離を置くだろう。どう考えても、正気じゃなかった。

それなのに――

とっくに彼の毒に侵《おか》されたレノは、『リュカらしい』と思ってしまった。

いらないと判断すれば冷酷に排除し、欲しいと思えば目的のために手段を選ばず、良識さえもかなぐり捨てて最短距離で獲物を仕留める。

考えてみたら、初めから彼はそういう人間だった。分かってなお、心惹かれてしまったのはレノだ。

だから既に、勝負は決まっていた。抗うことは無意味。どうせリュカの包囲網からは逃れられない。レノが逃亡に成功したことは、これまで一度たりともなかったのだから。

「……僕が他人にここまで執着したのは初めてだ。自分でも全く理解できない。君はいつだって僕の思い通りにならなくて、掌をいつ飛び出すか冷や冷やさせられる。思考も言動も全てが想定外だ。時にはあまりにも理解できなくて、心底苛々させられるよ。――――でも……レノを失うくらいなら、取り込んでしまいたいと思った」

「取り込む……？」

「僕を煩わせる邪魔な人間への対処法は二つある。一つは排除。もう一つは身の内に囲って、監視できる状態にすればいい。いつもは労力が少ない前者を選んできた。だけど君がいなくなると思ったら、余計に不愉快になる。これは何なんだろうな？　しかも他の男と親しげにされると腹が立つ。よそ見するくらいなら両の目を潰してやりたいくらいにね」

　恐ろしい発言に思わず背筋が戦慄いた。

　翳りを宿した彼の瞳がじっとレノに注がれる。瞬きできず見つめ合えば、リュカの手がこちらの頬に伸ばされた。

「それなのに行動に移そうとすると、別の不快感が込み上げる。君の目が僕を見なくなったら面白くない。声が聞けなくなるのも嫌だ。だったらどうすればいいか考えて、結婚が一番だと思った。君は子どもを捨てて去れる女じゃなさそうだ。どんなに僕に怯えていても、我が子のために残ろうとするだろう？」

リュカは、縛りつけて留める方法しか知らない。他には他者の心を支配するやり方しか学ばず、与えられることもなかったせいで。

歪んでめちゃくちゃな考え方。相手の気持ちどころか、自身の心さえ見失っている。いや、彼はその感情の名を知らないのだと、レノはやっと思い至った。

「……リュカ団長……それは、『好き』ということではありませんか？」

「好き？　僕が何を？」

「私のことを。特別に思うから、近くにいることを望むのでしょう？　時には腹立たしいことがあっても、理解不能であっても……傍にいたいと願うのは、相手のことが大切で愛しいからですよ」

思うままにならずもどかしいのに、それでも目が追ってしまう。考えてしまう。自分だけを見つめてほしいし、同じ時間を過ごしたい。

相手の何気ない言動に一喜一憂《いっきいちゆう》し、あらゆる意味で影響を受けずにはいられない。

レノにとって、彼はそういう人だ。

一緒にいれば苦しいことが沢山あると分かっていてなお、求めずにいられない唯一の人。

他の誰とも違う。理屈の通じない力で、心が引き寄せられて離れ難い。恋い慕うことのときめきも、辛さも教えてくれた存在が、リュカだった。

「……好き……？　僕がレノを……？」

「そうです。ちょっと失礼しますね」

レノは手を伸ばし、彼の胸へ触れた。掌で、心臓の辺りを探る。そこからは平素よりもずっと速い鼓動が感じ取れた。

「ドキドキしています。私も、同じです」

言いながら、リュカの手を自身の胸へ導いた。同じ速度の心音が、互いの掌を通して感じられる。

激しく動いてもいないのに、全身に一層血が巡る。体温が上がってゆく。ただ触れているだけで、幸福感が全身に滲んでいった。

「……分かりますか？　人は……好きな人といると、冷静ではいられなくなります。普段のリュカ団長の心臓は、もっとゆっくり脈打っていますよね？」

「確かに……君の言う通りだ。――僕はレノといる時、いつの頃からか心拍が尋常ではないことが多かった。それに無駄に君のことばかり考えて、冷静さをなくしている……」

彼の戸惑いが伝わってくる。

恋情《れんじょう》をこんな形で彼に教える日が来るなんて、想像もしていなかった。

大抵の者は、成長過程の中で、人を恋い慕う気持ちを自然と身に着ける。だがリュカにはそういう機会がなかったのだ。

レノにとって『当たり前』が彼にとってはそうでなかったために。

「待ってくれ。だとしたら、同じようにドキドキしている君は、僕を好きだということか？」

愕然とした表情で、リュカが瞳を瞬く。まるでそんな可能性を考えたこともないかのように。

――実際、考えたことがなかったのでしょうね。

愛されることを知らなければ、恋慕に疎くなって当たり前だ。己の中にそういう感情があることを把握していない者が、どうすれば他者から自身へ向けられている慈しみに気づくことができるだろう。

――リュカ団長が可哀相だ。

同情なんて彼は望んでいない。だとしても、レノは込み上げる憐憫《れんびん》と愛情を止められなかった。

もっと早く自分がリュカと出会えていれば、彼はここまで壊れていなかったかもしれない。

伯爵家で虐《しいた》げられていた時期に、レノが傍にいられたら。励まし、支えることができていたなら。守り、逃がすことができたなら。

仮にレノが過去に遡れたとしても無理に決まっている。田舎の平民が、高位貴族の屋敷の中で行われていたことに関われるはずがない。何の手出しもできず、門前払いだ。まず間違いなく、リュカに出会うことすら叶わなかった。

それでも考えずにはいられない。彼が頭に怪我を負う前に、抱きしめてあげられていたなら、と。

――私は無力だ……この方に何もしてあげられない。でも……諦めず理解しようと努力し続けることが大切なのかもしれない。全て徒労に終わる結果になっても、傍にいることはできる。

「……そうですよ。私はリュカ団長が好きです。だから自分の意志で、貴方の傍にこれから先も居続けます」

あえて一音ずつ区切るようにゆっくりと。万が一にも聞き間違えられることのないよう、レノは慎重に言葉を紡いだ。

彼にきちんと伝わってほしい。この気持ちだけは、曲解《きょっかい》されることなく。

リュカの心の奥まで届くよう、真摯に見つめた。

彼の双眸が微かに揺れ、内心の動揺を示している。レノの言葉の意味を真剣に噛み締めているに違いない。リュカが遭遇したことのない状況を理解しようと、模索《もさく》しているのが見て取れた。

「……レノが、僕を……？　それは、利用価値があって不快ではないという意味で？」

「いいえ。たった一人の特別な方という意味です。他の誰とも比べられない。――リュカ団長は私に対して、同じ想いを抱いてはいませんか？　私は貴方にとって替えがきく存在ですか？」

「違う！」

どこか呆然としていた彼が大きな声で否定した。やや焦った様も嘘でないことが滲んでいる。

そのことに勇気を得て、レノは大粒の涙を流した。

「では私たち、両想いですね。互いに愛し合っているということです。これでは離れられません」

「君は……僕の元から逃げ出さないのか……？　縛りつける鎖や足枷《あしかせ》がなくても……？」

「どこにも行きません。むしろリュカ団長が嫌だと言っても、離れてあげませんよ」

人を信じない彼に微笑みかける。口約束なんて、リュカには無意味なものなのかもしれない。もっと安心できる証がないと、不安で堪らないのだろう。

彼は『心の繋がり』がどれだけ強固なものか、これから学ぶのだ。そのためにレノはリュカを愛し続けたいと心から願った。

どれだけ時間がかかっても。ひょっとしたら一生を費やすことになったとしても。

「とにかくそういうことですから、私の同意なしに妊娠させようとしないでください。そんなことをしなくても、私はリュカ団長と共にいます」

「口では何とでも言える」

「ですから信じるんです。相手の真心《まごころ》を。そうやって人は繋がっていくんですよ」

偉そうに言いながらも、レノは自分だって不完全なことを熟知していた。この先も、様々な疑念を抱き、迷うと思う。

時には己の決意が揺らぎ、今日の選択を後悔することもきっとある。

「信じ続けるのは大変なことです。疑うよりも、たぶん難しい。疑心暗鬼《ぎしんあんき》になって、沢山のことを放棄したくなる日もあるでしょう。それでも――二人で頑張って乗り越えてみませんか。強制するのではなく、手を取り合って」

彼の胸から手を離し、掌を上に向けてリュカに差し出す。彼は、戸惑いつつレノの手を見下ろしてきた。

水色の瞳が、いつになく不安げに映る。

いつも泰然《たいぜん》とし、世の道理をものともしていなかったリュカが、レノの言葉に耳を傾けてくれている。しっかりと噛み締め、吟味《ぎんみ》しているのが震える睫毛に現れていた。

「僕がレノを信じたら……何か変わるのか？」

「変わるかもしれませんし、変わらないかもしれません。それは長い年月を共に過ごしてみなくては分からない結果です」

「つまり……結果が出るまで傍にいると言っている？」

恐々問いを重ねる姿は、さながら野生動物が物陰からこちらを窺っているようだった。目の前にいる異物を、狩るべきか無視するべきが、それとも愛でるべきか。真剣に考えて迷っている。臆病で、警戒心が強い。

それでも彼がほんの少し、レノに歩み寄ってくれたことが嬉しい。

一般的尺度に当て嵌めれば、小さすぎる第一歩。だが二人にとっては信じ難い大きな前進だった。

ずっと擦れ違ってきた。交わることのない道は遠ざかるばかりで、岸辺すら見えない対岸に叫んでいる気分。どうしようもなく諦念が広がっていた。

そんな日々からしたら、まさに奇跡だ。

「そうです。私はリュカ団長の隣にいたいです。これから先も、ずっと」

彼の視線がレノに突き刺さる。僅かでも怯めば、リュカの内側に触れられる機会はもう得られない気がした。

心の裏側まで覗き込まれそうな眼差しを受け止め、手を伸ばし続ける。そのままどれだけ時間が経ったのか。

差し出していたレノの手が疲れ始めた頃、彼がゆっくりと大きな手を重ねてくれた。

「……レノを信じる。一生、僕の傍にいてほしい」

「はい」

求婚めいた台詞は、おそらくそれよりも切実だ。

心も身体も人生の全部を欲されている。心変わりも裏切りも許されない。

口約束でありながら、命を懸《か》けた誓いでもあった。けれどレノは躊躇いなく頷く。リュカの背に腕を回し、彼を強く抱きしめた。

「貴方を愛しています」

「愛……まだよく分からないけれど、たぶん僕もレノを愛している。君がいない世界では生きられないし、生きていたくない。レノが死ぬかもしれないと思った時は、初めて恐怖

を感じた……周囲の評判なんて全く気にならず、君を傷つけた相手に報復すること以外、何も考えられなかった……」

今はまだ、その言葉だけで充分だ。

美しい獣は人になるための階段を上り始めたばかり。これから色々なことを学んでいけばいい。その伴走《ばんそう》を自分ができるのだと思えば、どんな困難も乗り越えてゆけると思った。

「一緒に沢山悩んで、考えましょう。私の世界も、リュカ団長が広げてくれるから……色んなことを話しましょう」

あらゆることは対話から。

意思の疎通《そつう》が難しいからこそ、蔑ろにしてはならない。傷つけ合うことになっても、いつか届くことを願って。

誓いのキスは、これまでのどの時よりも甘く夢見心地だった。

何度も唇を解き、見つめ合い、その度に愛しさを確認する。次第に深くなる口づけに酔いしれ、この日レノとリュカはようやく本物の恋人同士になった。

エピローグ

「レノのドレス姿、初めて見た」

レノにだけ分かる本物の歓喜を滲ませ、リュカが華やかに微笑んだ。

今日のレノは、この日のために仕立てられた豪奢《ごうしゃ》な純白のドレスに身を包んでいる。大きく貴重な宝石が煌めく装飾品や繊細な細工が施された靴も特注品。

さらに三か月前から入念に肌や髪の手入れを行ってきた。おかげでどこもかしこも艶々すべすべである。ささくれや切り傷の痕は一つもない。肩辺りまで伸びた髪は、花と貴金属で華やかに飾られている。

自分史上、ここまで美しくなったことはないと胸を張って言える出来栄えだった。

しかしながらそんな完全体状態のレノであっても、眼前の男には敵わない。

レノは眩く輝く美貌の新郎に、しばし見惚れた。

「……団服もとても素敵ですが、リュカ様は何を着ても様になりますね……」

これでは、確実に主役は彼の方だ。花嫁の自分は添え物だと早々に諦めた。

本日、レノとリュカは結婚する。世間では玉の輿《こし》と言われ嫉妬や羨望が吹き荒れているそうだが、少なくともレノの周囲には祝福の声のみが溢れていた。

ここに至るまで、諸々の妨害工作がグロスター伯爵家を始めとした貴族社会からもあったものの、それはまた別の話である。ただ一つ言えるのは、レノに危害を加えようとした相手は、手痛いしっぺ返しどころではない悲劇に見舞われたということだった。

「綺麗だな」

「え」

リュカと美しさについて競うつもりがまるでなかったレノは、想定外の発言をされ、唖然とした。

美の化身《けしん》と言っても過言ではない男に褒められるなんて、予想外だ。思わずぽかんと口を開け呆けてしまった。

「……突然どうされたのですか」

「感じたことを言ったまでだ。レノは――いや、僕の妻は美しい」

「ちょ、人に聞かれたら、おかしなことを言っていると思われますよ……っ？」

「他人なんてどうでもいい。僕に大事なのは、レノだけだ。君が綺麗すぎて、誰にも見せたくなくなってきた」

想いを確認し合い、とんとん拍子に結婚話は纏まった。というか、あっという間に彼が外堀を埋めたというのが、正解かもしれない。レノを逃がすまいとする執念は見事で、口を挟む余地がなかったとも言える。

そんなリュカは、以前と打って変わり『完璧なリュカ・グロスター』を演じるのをやめたらしい。

今では不愛想とは言わないまでも、無駄に愛敬《あいきょう》を振りまくことはない。親切も気遣いも全て、レノにのみ注がれていた。いっそ清々しいほどに、極端な話である。

だが人が変わった彼のふるまいも、概《おおむ》ね好意的に受け止められていた。

リュカが恋をして変わったと囁く声はあっても、批判的な意見は少ない。そのことにレノはホッとしていた。

――王城の襲撃者を無慈悲に殲滅したことで、一時は彼を冷酷だと揶揄する人もいたけれど……ひどい噂が広がらなくて、本当によかった。

その点は外面がよかったリュカに感謝だ。もし元の印象が悪かったら、現状何を言われていたか分からなかった。危険人物とみなされても不思議はない。それだけ容赦なく、冷淡に敵を屠ったのだから。

そして未だ危ういところもあるけれど、彼はレノにはこの上なく優しい。こちらの言葉には耳を傾けてくれ、レノの主張を受け入れてくれることも増えた。

少なくとも、自分が知る限りリュカはあれ以降残酷な真似をしていない。レノが進言した内容を全て理解したのではないだろうが、一応は己を顧みてくれたようだ。

「ぁ、リュカ様……っ」

そろそろ挙式が始まる。移動しなくてはならない時間なのに、彼が嫣然と笑いながら接近してくるので、レノは反射的に身構えた。

何故ならリュカのその表情は、とても見覚えがあるもの。レノにだけ向けられる愉悦と嗜虐心を孕んだものだったためだ。

「やはり、他人に見せるのは惜しい。式は取りやめにしようか」

「そ、そんなことできませんよ。大勢の賓客を呼んでいるのに……！」

エマリーを始めとする友人は勿論、騎士団のお偉い方々や貴族らも大勢列席してくれている。今更解散なんてできるわけがなかった。ちなみにグロスター伯爵家は欠席だ。

「では開始時刻を遅らせよう。大丈夫、誰にも文句は言わせない」

今や国の英雄であり、王太子の絶大な信頼を得たリュカの地位は、揺るぎないものになっている。近々、新たな家門が彼のために作られるはずだ。まさに飛ぶ鳥落とす勢い。権勢が衰え気味のグロスター伯爵家では、太刀打ちできないほどだった。

今後はますます立場が逆転していくことだろう。何せグロスター伯爵家は事業に失敗し、多額の負債を背負ったばかりと聞く。他にも口にするのが憚られる醜聞に塗れていた。

――リュカ様が深夜にほくそ笑んでいたことがあったけれど……関係ないよね？

「ぁ……本当に駄目です。せっかく綺麗に仕上げてもらったのに……」

壁際に追い詰められたレノが涙目で首を横に振る。だが彼は全く気にせず、こちらのドレスをたくし上げた。

純白のウエディングドレスは、白い糸で刺繍《ししゅう》が施されており、真珠《しんじゅ》が縫《ぬ》いつけられている。清楚《せいそ》で可憐《かれん》な、麗しい一枚だ。その分繊細で、レノはガサツな自分がいつ破いてしまうか気が気でなかった。

そんなこちらの心情はお見通しなのか、ろくに抵抗できないレノはあっという間に下着を下ろされてしまった。ドレス自体は乱されていないけれど、下半身が心許ない。

ひやりとした空気に陰部を撫でられ、レノは背徳感で身を震わせた。

「だ、駄目……」

「君が拒むと、余計に時間がかかって、来客を待たせることになるよ」

罪悪感に訴える脅迫に背筋が戦慄いた。けれど恐怖のせいだけではない。もっと別の官能も呼び覚まされたのが、厄介だった。

「リュカ様……っ」

「花嫁衣装のレノを抱きたい」

「ド、ドレスが汚れてしまいます……！」

直球の誘惑にクラクラした。愛する男の熱っぽく色香滴る眼差しに搦《から》め捕られ、断固拒絶できる女がいるならお目にかかりたい。

しかも自分は彼の言葉に抗えた例《ためし》がほとんどないのだ。いつも簡単に言いくるめられてしまう。今回も上手く頭が回らない間に、蜜口へ触れられてしまった。

「あ……っ」

立ったまま向かい合って、片足を持ち上げられる。倒れないためには、背後の壁に寄り掛かるしかなかった。

「……ドレスを汚したくないなら、自分で裾を持っているといいよ」

耳元で囁かれ、頬に朱が上った。とてつもなく恥ずかしいことを要求されている。嫌だと言いたいのに、レノの指先は気持ちと裏腹にドレスの裾を持ち上げていった。少しずつ。

けれど着実に。

「可愛い」

「ん……っ」

彼に愛されていると知って以来、余計に逆らえない。リュカに逆らいたくない自分がいる。彼の望みを叶えてあげたい。試したり無理強いしたりしなくても、自分は自発的にリュカを受け入れると知ってほしかった。

彼の指が花弁をなぞり、肉のあわいを撫で摩る。前後する動きが潤みを纏い、次第に粘着質な音を立て始めた。

くちゅくちゅと淫猥な水音が、レノの鼓膜を揺らし、腹の奥が熱くなってくる。蕩けるように滴が溢れ、内腿を濡らしていった。

「君は感じやすくて、愛らしい。僕の指を美味しそうにしゃぶっているのが分かる？」

意地悪く耳を食まれ、愉悦がレノの首筋を粟立たせた。

「……手が下がってきているよ？」

快楽に気を取られると、ドレスを握る手が段々下りていってしまう。万が一汚してしまえば、恥ずかしくて人前になど立てなくなるのが明白。

挙式の開始時間が過ぎるだけでも大問題なのに、花嫁のドレスが着崩れているなんて言《ごん》語道断だ。これから配属先が変わったとしても騎士団で働き続けるつもりのレノには、気まずいことこの上なかった。式場には、大勢の同僚や上司、そして家族が勢揃《せいぞろ》いなのである。

「ん……っ」

リュカに指摘され、レノは慌てて両手に力を籠め、裾を引き上げた。

剥き出しの下腹が居た堪れない。呼吸が忙しく細切れになる。羞恥と興奮で、思考力は鈍麻していった。

「いい子だね」

「ぁ、んんッ」

彼の長い指が蜜窟を犯し、淫音を立てながら肉襞を掻き回した。同時に膨れた花芯も転がされる。二点から与えられる快感は絶大だ。

レノの膝も、ドレスを捲《まく》る手もブルブルと震えずにはいられなかった。

「声、抑えて。でないと誰か入ってきてしまうかもしれない」

「え……ぁ、んん……っ」

だったらやめてくれればいい。そう言いたいのに、迂闊に口を開けば漏れ出るのは淫らな嬌声だけだった。

過敏な肉芽を扱かれると、肉道が収斂する。すると内部を探るリュカの指を締めつける結果になった。

「ぅ……っく、ぅ……っ」

我慢しなくては、と己に言い聞かせるほど喜悦が体内に溜まり、蓄積する熱が発散されるまで暴れ続ける。

その間にも、彼の甘い責め苦はおかまいなしに止まらない。むしろ的確にレノの弱い部分を責め立てる。腹側の一点、入り口付近も、何より淫芽を。耐えなくてはと足掻いても次々に弱点を暴かれ、追い詰められてゆく。

懸命に声を殺し、ドレスを気にかけるレノは、意に反してあっけなく絶頂へ押し上げられた。

「……んんん……ッ」

光が爆ぜ、痙攣する。閉じた瞳の端から、新たな涙が伝い落ちた。

「ああ、びしょ濡れだ。拭いてあげるから脚を開いて」

レノの蜜窟から指を引き抜き、リュカが悪辣な笑顔で言う。誰のせいだと問い詰めたい。けれどこのままでは下着は穿けないし勿論結婚式にも臨《のぞ》めなかった。

仕方なく、渋々歩幅を左右に広げる。だがそれが過ちだったと知るまでに数秒もかからなかった。

「あ……ッ」

くるりと身体を反転させられ、壁に手をついたレノは背後から一息に貫かれた。長大なものが、体内の奥深くまで突き刺さる。当然それだけで終わるはずはなく、初めから荒々しい律動に揺さぶられた。

「……ぁッ、あ、や……待って……！」

「待てない。誘惑するレノが悪い」

「誘惑なんて、してな……んぁッ、ぁああ……っ」

パンパンと肉を打つ音が室内に響き渡る。神聖な教会の控えの間で、淫らな行為に耽《ふけ》っている。これから神の前で夫婦の誓いを立てようというのに、全くもってあり得なかった。

「は……っ、ぁ、ああッ、ぁ……っ」

激しく穿たれて、視界がぶれる。懸命に壁へ縋りつかなくては、とても体勢を維持できない。どうしても前のめりになるせいで、まるで自ら後方へ尻を突き出しているよう。

あまりにも卑猥な姿勢が、よりレノの官能を高めた。

「ひ……アああッ」

もう、ドレスの染みを気にかける余裕はない。繰り返し打ちつけられる快感に全てが塗

り潰されていった。

招待客を待たせていることも。声が外へ漏れる心配があることも。

何もかも意識の外に弾き出される。リュカのこと以外、何も考えられない。感じ取れない。五感の全部が彼のために機能していた。

「はぁ……ッ、ぁ、あ……また……っ」

「外に出したら汚してしまうから、このままレノの中に出してもいいよね？　その後は挙式と挨拶回りがあって、薬を飲む暇はないだろうけど」

二人で話し合い、子どもはもう少し後でと決めていた。けれど隙あらば反故《ほご》にしようとリュカはしてくる。

普段のレノなら彼を諭す。だが快楽に浮かされた今は、冷静な判断力をなくしていた。

「……っ、ぁ、あ……っ、いい……っ」

こくこくと頷き、リュカの楔を舐めしゃぶる。気持ちがよくて、愛しい男の全てが欲しくて堪らない。もっと奥にきてと強請るように、隘路を収縮させた。

「……っ、そんなにいきなり締めつけないでくれ」

肉洞の中で彼の剛直がより漲る。限界は一瞬で訪れた。

「あぁあああッ」

愉悦が飽和する。レノの全身が引き絞られる。蜜窟でリュカの肉槍が爆ぜたのは、その直後だった。

「……っく」

熱液が体内に注がれる。レノを内側から染め上げるように染み込んでゆく。その勢いを味わいながら、レノは小刻みに痙攣した。

「ぁ……あ……」

腹の中は愛する人の子種でいっぱい。内も外も白で揃え、まるで淫蕩な花嫁衣装だ。すっかり色々な意味で毒されてしまった。

篭絡されたのは獣か乙女か。反発し合うのに、お互い相手がいなければ生きられないことだけが同じ。

振り返ったレノは愛しい夫を軽く睨んでキスをした。

もう一つのエピローグ

「ねぇお聞きになった？　グロスター伯爵家のこと……」

「ええ、勿論よ。前代未聞の醜聞よね。何でも奥様が下着姿でさまよっていたところを大通りで保護されたそうじゃない」

「それも裸足《はだし》で髪を振り乱し奇声を発していらっしゃったとか。かつてのお美しさは見る影もなかったそうよ。療養中とのことでしたけど、そこまで正気をなくされていたなんて……」

「どんなに箝口令を敷いても、下々の口を塞げるわけがありませんわ。でも不思議よねぇ。私が聞いた話では、もう何年も屋敷の奥深くに軟禁《なんきん》状態だということなのに。どうやって使用人や門番の目を掻い潜り、外へ出られたのかしら？」

時間を持て余した淑女《しゅくじょ》が複数集まれば、自然と噂話が花を咲かせる。

まして今一番衆目《しゅうもく》を集めている『グロスター伯爵家の凋落《ちょうらく》』となれば、盛り上がらないわけがなかった。

小声で囁き合いながらも、着飾った女性らは目を輝かせて興味津々に新しい情報を得ようとしている。かつては名家と名高かった一族が落ちぶれてゆく様は、たいそう面白い見世物同然なのだろう。

相手が貴族社会で鼻つまみ者であったなら、なおさらである。ここぞとばかりに積もり積もった不満や悪評が噴き出していた。

「跡取りであるご長男は賭博《とばく》でかなりの財産を目減《めべ》りさせたそうですから、使用人への給金が滞りがちになっていたそうよ。それを恨みに思い、メイドが奥様をわざと外に連れ出した可能性も……」

「ま、恐ろしい。どちらにしても私ならとても生きていられないわぁ。生き恥を曝したようなものでしょう。以前は美しさを鼻にかけ、偉そうに他者を見下していた方がドレスも着ずに路上で大騒ぎなんて。怖いわ。お可哀相に」

そう言いつつも、女性の瞳には隠し切れない嘲笑が滲んでいた。

他の者も大差ない感想を抱いているのか、どうしても緩む口元を扇で覆っている。

グロスター伯爵夫人と同年代と思しき彼女たちには、それぞれ鬱憤が溜まっていたらしい。同情するふりをしながら、本音は真逆なのが明白だった。

「伯爵様も、奥様のことにかまけている余裕はないのでしょうね。事業の失敗と領地の不作、それに不正な蓄財《ちくざい》を暴かれたばかりですし。流石に次男のリュカ様のご活躍と栄光でも掻き消せない問題が山積みよ」

「そもそもリュカ様は新たな家門の当主になられ、独立されているもの。面倒なご家族とは縁を切ったという意思表示でしょう。陛下もそれを認められたのは間違いないわ」

忍び笑いがその場に満ちる。

とある夜会に顔を出していたリュカは、物陰から彼女たちの話をたまたま耳にし、足音を立てずそっと離れた。

おそらく、他の場所でも生家が話題の種にされているのは想像に難くない。グロスター伯爵家に関し、面白おかしく人々は囀《さえず》っているはずだ。

――流石に直接僕に問いかけてくる輩はいないが……

会場内では、興味津々な視線をいくつも感じた。誰も彼も事の真相が気になって仕方ないらしい。ゴシップ好きに、身分は関係ない。

――まぁ別にどうでもいい。好きなようにあることないこと話してくれ。何なら根も葉もない噂だって構わない。それが一番あの『家族』には痛手だろうからな。

高すぎる矜持を抱えた典型的な貴族が、社交界の笑い者になるのは、さぞや恥辱《ちじょく》に決まっている。もはや社会的に抹殺《まっさつ》されたに等しい。

きっと今頃は『母』だけでなく『父』と『兄』も精神的に追い詰められているのではないか。

――彼らからの連絡は全て無視しているから、僕へ援助の要請があっても関係ない。ただ、手紙を拒否していないせいで、期待していることだろう。精々、永遠に差し伸べられることのない僕からの助けを、待ち侘びていればいい。

レノと結婚して数か月後、リュカは秘密裏《ひみつり》にグロスター伯爵家へ足を運んだ。そうして『母』を言葉巧みに連れ出し、人が大勢行き交う大通りに放置したのだ。

それ以前から方々に手を回し、『父』と『兄』の弱みを調べ尽くし握っていた。おかげで婚姻前にはあの家の評判はすっかり地に堕ちている。勿論、暗躍したのはリュカに他ならなかった。

――こんなに簡単に片がつくなら、もっと早い段階でやればよかった。

目障りだったものが間もなく完全に視界から消えてなくなりそうで、リュカの口元が綻ぶ。清々しい気分を味わうのは、久しぶりだ。

だがもしグロスター伯爵家がレノに手を出さなければ、ここまで完膚《かんぷ》なきまでに叩き潰すつもりはなかったものを。良くも悪くも、リュカは『家族』に興味がなかったのだ。

しかし愛しいレノと想いが通じ合い、過去の諸々を清算したくなってきた。同時に、彼女の匂いを今後も嗅げないことが腹立たしく、原因になった『母』、そもそもの遠因《えんいん》を作った『父』に報復しようと決めたのだ。

――僕らの結婚に反対するだけでも業腹《ごうはら》なのに、第三王女との婚姻を蒸し返そうとするとは……『兄』までしゃしゃり出て来て、煩わしいことこの上ない。しかもレノの命まで狙おうとするなんて……ただ殺すだけでは飽き足らない。

だから綺麗さっぱり消えてもらうことにした。二度と自分たちに関われないよう完全に踏み潰すつもりだ。

今はまだ辛うじて『グロスター伯爵家』の名は残っていても、数年後には貴族名簿から削除されるに違いない。そうなるよう、リュカは今後も手を緩めるつもりはなかった。

「おや、もうお帰りになるのですか？」

声をかけてきたのは、顔見知りの青年。色々な意味で役に立つので、懇意にしている。

夜会が始まったばかりの会場から立ち去ろうとするリュカを不思議に思ったようで、手にしていたグラスを軽く掲げてきた。

「ええ。身重《みおも》の妻を屋敷に残しているので、失礼させていただきます。一秒でも長く、彼女の傍にいたいですから」

「これはこれは。夫婦仲が本当によろしいのですね。噂には聞いていましたが、想像以上だ」

「ええ。妻がいなければ、今の僕は存在していません。掛け替えのない人です」

堂々と惚気《のろけ》るリュカに、周囲は和《なご》やかに笑った。実家であるグロスター伯爵家は様々な問題の渦中《かちゅう》にあり風前《ふうぜん》の灯火《ともしび》だが、リュカ自身は揺るぎない地位を築いている。

そのことを今夜知らしめられたのなら、目的は果たしたことになる。後はもう、この場に留まる理由はなかった。

「それでは。妻が僕の帰りを待っているので、お先に」

早く愛しいレノの顔が見たい。彼女を抱きしめ、キスしたい。膨らみ始めた下腹を一緒に撫で、ゆったりとした時間を共に過ごすのだ。

レノを思い描いた瞬間、それまでリュカの頭の中にあったグロスター伯爵家の件は根こそぎ消え去った。もう、欠片も思い出すことはない。

愛してやまない唯一の女を胸に描き、リュカは華やかに微笑んだ。

あとがき

初めましての方もそうでない方もこんにちは。山野辺《やまのべ》りりと申します。

今回は『異質』な相手との恋愛は可能なのかがテーマでした。

普通や当たり前のことは、基本わざわざ確認しないと思うのですよ。皆分かっているよね、という暗黙の了解のもと関係を積み重ねますよね。

でもそれが絶望的に理解不能だったら……？　という妄想から生まれたストーリーです。言わずもがな、ヒロインにとってはヒーローがそうですが、彼からすればヒロインが奇妙なわけで。そんな二人の恋愛は成立するのかどうか、読んでくださったら嬉しいです。

イラストは炎《ほのお》かりよ先生が描いてくださいました。表紙の官能的で背徳感溢れる美麗さ、天元突破していませんか？　勿論舐める勢いで凝視しました。心からありがとうございます。

担当様、完成までに関わってくださった全ての方々、本当に心から感謝しております。

毎回想像を超える完成度に仕上げていただき、私は幸せ者です。

最後に、この本を手に取ってくださった皆様へ。五体投地でありがとうございます！

またどこかでお会いできることを願って！

この本を読んでのご意見・ご感想をお待ちしております。

◆ あて先 ◆

〒101-0051
東京都千代田区神田神保町2-4-7 久月神田ビル
㈱イースト・プレス　ソーニャ文庫編集部
山野辺りり先生／炎かりよ先生

英雄騎士《えいゆうきし》の歪《ゆが》んだ初恋《はつこい》

2023年11月4日　第1刷発行

著　　者　山野辺《やまのべ》りり
イラスト　炎《ほのお》かりよ
装　　丁　imagejack.inc
発 行 人　永田和泉
発 行 所　株式会社イースト・プレス
〒101－0051
東京都千代田区神田神保町2－4－7 久月神田ビル
TEL 03－5213－4700　　FAX 03－5213－4701
印 刷 所　中央精版印刷株式会社

ISBN 978-4-7816-9758-1
定価はカバーに表示してあります。

Sonya ソーニャ文庫の本

生涯一度きりの恋、地獄へ堕ちても共に。

王妃リアナは先王妃と王から蔑まれても、護衛騎士ユーウェインが側にいることを心の支えにしていた。ある日、王が意識不明の重体に。跡継ぎがいないまま王が崩御すれば、王位を巡って争いが起きてしまう。悩む彼女の寝室に現れたユーウェインは、リアナの身体を暴いて純潔を散らし……。

『奈落の恋』 山野辺りり

イラスト 吉崎ヤスミ